光文社文庫

文庫書下ろし

ちびねこ亭の思い出ごはん

キジトラ猫と菜の花づくし

高橋由太

光　文　社

この作品は光文社文庫のために書下ろされました。

目次

灰色猫とびわジャム

君津《きみつ》市民ふれあい祭り

君津南口の駅前道路一帯を会場として、音楽イベントなど各種の催し物が行われます。周辺の道は歩行者天国となり多数の露店が並び、例年夜遅くまで大勢の賑わいで大変な盛り上がりをみせる君津伝統の祭りです。夕暮れから夜にかけて始まる「いやさか踊り」で祭りは最高潮に達します。

君津市経済振興課（観光振興係）のホームページより

私は、いくつになったら大人になるんだろう？

田丸陽葵《たまるひまり》は、ときどき、そんなふうに思う。法律的なことを言っているのではない。陽葵はもう二十二歳なので、法律的には大人だということは分かっている。

運転免許証も持っているし、ちゃんと働いているし、結婚もしている。選挙権だってある。誰がどう見たって大人なのに、その自覚がなかった。成人式のときにも感じたことだが、大人ごっこをしているような気分がずっと続いていた。

それについては、同級生と結婚したことが関係している気もする。夫の保《たもつ》は、高校時代のクラスメートだ。

最初は、普通に仲のいい友達の一人だった。それが告白されて恋人になり、二十歳の誕生日にプロポーズされて夫婦になった。二人にとっては自然なことだったが、周囲は驚いていた。

「赤ちゃんができたの？」

結婚の報告をしたとき、親にも友達にもそう聞かれた。妊娠していると決めつける人もいた。保も、会社の仲間や上役にからかわれたと言っていた。晩婚化が進んでいることもあるのだろう。二十歳で結婚するのが、珍しい世の中みたいだ。

反対というわけではなかったが、陽葵の両親は戸惑っていた。結婚の報告をしたとき、こんなふうに言われた。

「まだ二十歳なんだから、急いで結婚しなくてもいいんじゃない？　もう少し恋人同士でいたら？」

「結婚しても恋人同士だから」

陽葵はそう答えた。二十歳になれば、親の同意なしに結婚できる。二〇二二年四月からは、十八歳に引き下げられる。二十歳の自分が結婚するのは、何一つ問題はないはずだ。

ちなみに、妊娠もしていなかったし、特別な事情があったわけではない。彼の両親が他界していることも関係しているような気もするが、健在だったとしても結婚したと思う。陽葵も保も、結婚願望が強かった。早く家庭を築きたいと思っていた。

夫婦になって二年が経ったが、まだ子どもはできない。経済的には、それなりに余裕があった。保は建設会社で働いていて、陽葵は公務員――千葉県木《き》更《さら》津《づ》市役所に勤めている。

親とは同居しておらず、ペット可のマンションで猫を一匹飼っている。灰色の毛並をした雑種だ。彼が建設現場から拾ってきた。ダンボール箱に入れられて、駐車場に捨ててあったという。

マンションに来たときから人間に馴れていたので、捨てられたばかりだったのかもしれない。保は、憤慨《ふんがい》していた。

「猫を捨てるやつは逮捕して欲しいな」

とにかく我が家にやって来た。猫にとっては新しい環境だ。保が言い聞かせるように話しかけた。

「ここが、おまえの家だ」

すると、猫は即座に反応した。

「みゃん」

名前を呼ばれて返事をしたみたいな鳴き方だったから、陽葵はココと名付けた。世間でよくある名前かもしれないが、気に入っている。どことなくお洒落《しゃれ》で、ちょっと外国の猫のようだ。

「いい人に拾われたわね」

陽葵は、ココに言った。本音だった。保はやさしい性格をしている。小まめでもあった。共働きなので家事を分担しているが、彼の役割のほうが多かった。

例えば、朝が苦手で早起きできない陽葵のために朝食を作ってくれるし、市役所に持っていく毎日の弁当も作ってくれた。

「いつもありがとう」

陽葵が言うと、保は真顔で答えた。

「男でも女でも料理上手はモテるから」

「あら、モテたいの？」

「うん。陽葵とココにモテたい」

「私はともかく、ココはどうかしら？」

「みゃ」

ココがタイミングよく鳴き、陽葵と保は笑い合った。猫が来てから、いっそう笑うことが増えたみたいだ。

こんなふうに仲よく暮らしていたが、もちろん喧嘩《けんか》もした。たいていの場合、悪いのは陽葵だった。あのときもそうだ。

十二月のある日、二人は喧嘩をした。いや、嘘を吐《つ》くのはやめよう。喧嘩ではなく、陽葵が一方的にヘソを曲げた。

諍《いさか》いの原因は、よくあることだ。今週末の土曜日に、一緒に買い物に行く約束をしていたのに、保に急な仕事が入って行けなくなった。「どうしても外せない仕事なんだ」と保は言ったが、ドタキャンは初めてのことではなかった。

「ひどすぎる。信じられない」

「ごめん。本当にごめん」

保は平謝りに謝った。でも、陽葵は許さなかった。許すことができなかった。

「約束を破るなんてひどいわ」

先月から楽しみにしていたのだ。少し気が早いが、クリスマスの買い物をするつもりだった。それが突然、消えてしまった。

「今度、埋め合わせするから」

「今度っていつ？」

「ええと……」

「年末年始の休みまで忙しいんでしょ？」

問うと、保が黙り込んだ。休日がすれ違うのは、共働き夫婦の宿命だ。地方公務員と建設会社勤務の休みは合わない。陽葵は土日が休みだが、保はシフト制の勤務で、週末は忙しいことが多い。

「埋め合わせなんかする気ないくせに、いい加減なことばっかり言わないで。そうやって、すぐに誤魔化《ごまか》そうとするんだから」

「誤魔化してなんかない」

保が、うんざりした顔になった。

「仕事なんだから仕方ないだろ」

「何、その言い方。なんか自分一人が働いてるみたい。公務員なんか楽だと思ってるんでしょ？」

「そんなことは言ってないだろ」

「言ってる」

売り言葉に買い言葉で言ってしまったが、彼の事情は分かっていた。保が勤めているのは、小さな建設会社だ。

もともとの社員数が少ない上に、今年は新入社員を採用しなかったという。夫は下っ端《したっぱ》だ。どこの会社だって、下っ端はいろいろな仕事を押し付けられる。そうでなくても、十二月は忙しい時期だ。

本当は分かっていた。そこまで承知していたくせに、陽葵は我慢できなかった。文句を言わずにはいられなかった。最悪の台詞《せりふ》を言ってしまった。

「そんなに仕事が好きなら、結婚しなきゃよかったのに」

――嫌な女だ。

自分でもそう思った。二十二歳は、まだ子どもだ。悪いと思っても意地を張ってしまう。ごめんなさいと謝れない。

「もう寝るから」

陽葵は、さっさと布団を被《かぶ》った。

「好きにすればいい」

保の声が降ってきた。陽葵は返事もせず、そのまま寝てしまった。

そして、当日の朝になった。遊びに行くはずだった土曜日だ。

夫は腹を立てると無口になる。いつまでも、むくれている陽葵に呆《あき》れたのかもしれない。いつものように朝食を作ってくれたが、自分は食べもしないで玄関から出ていこうとする。当てつけがましいと思った。保の態度にカチンと来た。言わなくてもいい言葉を言ってしまった。

「バカ、死んじゃえ」

夫の動きが止まった。でも、それは一瞬のことで、何事もなかったようにマンションから出ていった。

最後まで一言もしゃべらなかった。

○

「あんまりだと思わない?」

保が仕事に行った後、陽葵はココに愚痴《ぐち》った。しかし、猫は返事をしない。キャットフードを食べるのに夢中で、こっちを見ようともしなかった。

猫は、人の気持ちを落ち着かせてくれる。このときも、朝ごはんを食べているココを見ているうちに、むかむかした気持ちが落ち着いてきた。

「あんまりなのは私だ……」

今さら呟《つぶや》いた。最初から分かっていたことだ。彼だって好きで約束を破ったわけじゃない。年末に急な仕事が入るのは、毎年のことだった。

それに、仕事が忙しいときに支えるのが家族だ。朝ごはんやお弁当を作ってもらったり、愚痴を聞いてもらったり、自分だって支えてもらっている。

喧嘩をするのは仕方ないにせよ、当日の朝まであんな態度を取るべきではなかった。せめて彼が出勤する前に仲直りするべきだった。

「私、駄目だね」

「みゃあ」

今度は、返事をしてくれた。朝ごはんを食べ終えたのだ。前肢をぺろぺろと舐《な》めている。満足したときの癖だ。猫は幸せそうな顔をしていた。

その顔を何秒か眺めてから、陽葵はココに問いかけた。

「謝ったほうがいいかなあ？」

「みゃん」

もう一度返事をしてくれたが、それ以上は話し相手になるつもりはないらしく、お気に入りの座布団の上に移動して寝てしまった。

あとは自分で考えろ、と言われた気がした。

いや、考えるまでもないことだ。

「謝ろう」

悪いのは自分なのだから、ごめんなさいを言おう。保に頭を下げよう。クリスマスの買い物には行けなくなったが、年末年始は二人ですごせる。そのときに買い物に行けばいい。

「保、ごめんなさい」

謝る練習をしてみた。すると、気持ちが少しだけ軽くなった。こんなに簡単に気持ちが軽くなるのなら、昨日のうちに謝ればよかったのだ。

じっとしていられなくなり、陽葵はスマホを見た。昼を少しすぎたところだ。休日出勤なので早めに帰宅する可能性もなくはないが、今までのパターンを見るかぎり普段と変わらない時刻に帰ってくる気がする。保が帰ってくるのは、早くとも夕方くらいだろう。

「よし。買い物に行こう」

夕食の材料を買いに行くのだ。美味《おい》しいものをたくさん作って、夫に謝ろうと思った。

――食べ物で釣るつもりだな。

保のことだから、きっと、そんなふうに言って許してくれる。ちゃんと謝れば許してくれる。今までもそうだった。

作るものは、すでに頭にあった。自家製の食パンを焼く。バターをたっぷり使った食パンは、彼の大好物だ。結婚する前から何度も作っていた。

毎日でも食べたいと言ってくれたが、陽葵の作る食パンはカロリーが高い。最近、夫婦ともに少し太り気味なので控えていた。

「たまにはいいよね」

誰に言うともなく呟くと、また少し気持ちが軽くなった。まだ謝ってさえいないのに、保と仲直りしたような気持ちになったのだ。

そうと決めたら、早く出かけよう。早く買い物に行って、早く料理を作ろう。陽葵は立ち上がって、財布とコートを手に取った。スマホも忘れない。鍵は玄関先に置いてある。くうくうと寝息を立てているココに声をかけた。

「じゃあ行ってくるから。お留守番をお願いね」

返事はなかったが、気にせず陽葵はマンションを出た。外の空気は、少しだけ寒かった。

○

木更津市は、内房の海に面した場所にある。

都会ではないかもしれないが、住むには便利な町だ。電車を選べば東京駅まで乗り換えなしで行けるし、高速バスを使えば一時間くらいで八重洲口前に着く。ディズニーランドにも、そこそこ簡単に行ける。

ポイントが高いのは、交通の便だけではない。日常の買い物の便利さは、日本でも指折りではなかろうか。店舗数日本一の大規模アウトレットモール『三井アウトレットパーク木更津』があるおかげだ。安価なものから海外の名産品まで、いろいろな食材を入手できる。このときも、そこで小麦粉やバター、果物などを買った。

一人でここに来たときは、たいていカフェでクレープを食べるが、今日は気が逸《はや》っていた。それでもお腹は空くので、テイクアウトで買って歩きながら食べた。陽葵の昼食だ。

マンションに戻ると、昼寝から目を覚ましたココが玄関にいた。陽葵を出迎えに来たようだ。

「ただいま」

「みゃん」

やっぱり、この子は可愛い。

「まだ、帰って来てないよね？」

分かりきったことを猫に質問しながら、シューズボックスを見た。保の靴はなかった。まだ帰ってきていない。

「さっそく作りますか」

ふざけた口調で宣言するように言って、キッチンに行った。そして、食パンとジャム、クラムチャウダーを作り始めた。

ココはついてきたが、人間の食べるものには興味がないみたいだ。キッチンの椅子に飛び乗って、窓の外を眺めていた。すでに太陽が傾いている。いつの間にか、夕方になろうとしていた。

冬は、日が短い。食パン作りは時間がかかる。焼き上がるころには、早くも暗くなりかけていた。

もう帰ってもいいころなのに、保はまだ帰らない。スマホを気にしながら料理を作っていたが、メールもラインも電話もなかった。

休日出勤の上に残業を頼まれたのだろうか。

ありそうな話だが、それなら連絡があるはずだ。喧嘩をしたとはいえ、何も言わずに遅くなるタイプではない。

「ラインしてみよっか」

誰に言うともなく呟いたときのことだった。返事をするように、スマホが鳴り出した。電話だ。

保から電話がきたのかと思ったが、違った。ディスプレイを見ると、知らない番号が表示されていた。

迷惑電話や保険などの勧誘も多い。いつもなら無視するところだが、このときは電話に出たほうがいい気がした。女の勘というほどのものではない。夫が帰って来ないのだから、誰でもそうするだろう。スマホに表示されていた電話番号の末尾は、０１１０だった。

「はい。もしもし」

「木更津警察署の――」

電話の向こうで男が名乗った。陽葵は、警察の電話番号の末尾が0110で統一されていることを思い出した。胸が跳ね上がった。

「田丸保さんのお宅で間違いありませんか？」

「は……はい」

怯《おび》えた気持ちで、妻の陽葵ですと名乗った。

このときの会話の記憶は曖昧《あいまい》だ。ただ、どう言われたかは忘れてしまったが、内容だけはおぼえている。

——保が病院に運ばれた。

○

失業、交通事故、地震、火事、台風、勤め先の倒産、感染症、泥棒、所在不明、振り込め詐欺。

市役所の窓口に座っていると、いろいろな相談を受ける。警察の管轄としか思えない相談をされることも多かった。

毎日のように助けを求める人がやって来る。世の中は、不幸が溢《あふ》れていた。突然の死なんて珍しくもない。

　でも、その不幸が自分の身に降りかかってくるとは思っていなかった。保の両親が早死にしているにもかかわらず、心のどこかで自分たちだけは大丈夫だと思っていた。永遠に相談を受ける側で、相談する側には回らない。平凡だが幸せな生活が、ずっと続くと思っていた。

　根拠のない展望は、一本の電話で打ち砕かれた。陽葵は、着の身着のままタクシーに乗って病院に行った。だけど、間に合わなかった。

　着いたときには、保はすでに死んでいた。

　もう息をしていなかった。

　医者と警察官が待っていて、事情を話してくれた。事故だった。保が坂道に立っているとき、自転車が猛スピードで突っ込んできた。そして夫を撥《は》ね飛ばした。打ちどころが悪かったのだろう。頭を打って死んでしまった。そこは歩道だった。

「自転車の事故は多いんです」

　交通事故件数全体に占める割合は、決して低くはない。その証拠に、自転車保険の加入義務化が各地域で進められている。市役所に勤めている陽葵だって知っているが、その情報は何の慰めにもならなかった。

「どうして……」

「加害者は急いでいたようですね」

警察官は教えてくれた。猛スピードを出していた理由を聞かれたと思ったようだ。

「母親の体調が悪くて早く帰りたかったそうです」

どう返事をしていいのか分からなかった。そもそも、自分が何を聞いたのかも分からない。

「この人を知っていますか？」

警察官がタブレットで写真を見せた。頭の禿《は》げかけた冴《さ》えない四十歳くらいの男が写っていた。

「いえ……」

陽葵は、首を横に振った。見たことのない男だった。警察官は名前を言ったが、やっぱり分からない。

苗字も名前も聞いたことがなかった。夫は、知らない男に殺された。

○

犯人の母親が謝りたいと言ってきた。向こうの弁護士を通じて連絡があった。陽葵のスマホに電話をかけてきた。

「母一人子一人の家庭で育ち、被疑者は子どものころから苦労していまして――」

質問してもいないのに、そんな話を始めた。勝手に話し始めた。母親に病気が見つかって、その治療費を稼ごうと必死に働いていたという。そして、男は、結婚をしておらず体調の悪い母を心配して、急いで帰ろうとしていたらしい。

気の毒だとは思わなかった。何かを思うだけの気力がなかった。だから、陽葵は返事をせずに電話を切った。

事件を知ってから、ずっと犯人を憎もうとしていた。殺してやりたいと思おうとした。でも駄目だった。

頭の中にあるのは、自分が保に言った言葉ばかりだった。

バカ、死んじゃえ。

映像が繰り返し浮かんだ。夫を罵《ののし》る自分の声が聞こえた。一度しか言っていないのに、何度も何度も何度も聞こえた。

それが、保への最後の言葉なのだ。取り消したかったけれど、時間は戻らない。謝ろうと思っても、彼はこの世にいない。もう会えない。永遠に会えない。死者は家に帰って来ない。

そのことが悲しくて、また涙を流した。大声で泣いても、もう誰も気にしないのに、陽葵は枕に顔を押し付けて泣いた。どんなに泣いても涙は涸《か》れなかった。

翌日、警察から連絡がきて、保の荷物を取りに来て欲しいと言われた。

両親に頼もうかと思ったが、夫の遺品を引き取るのは妻の役目だ。

「出かけてくる」

ココに声をかけてマンションを出た。猫は眠っていて、陽葵に返事をしなかった。

どこに寄ることもなく、タクシーで木更津警察署に行った。荷物を受け取って確認すると、保のスマホがあった。そこには、まだ送られていないメールの下書きが残っていた。

陽葵宛てだ。

件名はなく、一言だけ残っていた。

ごめん。

保は謝っていた。

作成された時刻を見ると、事故に遭う直前に保存されたものだった。陽葵に送ろうか悩んでいるときに自転車が突っ込んできたのかもしれない。その予想は、たぶん当たっている。

保は真面目な男だ。歩きスマホをするタイプではない。立ち止まってメールを打ち込む保の姿が浮かんだ。

陽葵にメールを送ろうとしなければ、その場にいなかった。坂道を通りすぎていただろう。保が死ぬこともなかった。

私のせいだ。私のせいだ。私のせいだ――。

間違いないことのように思えた。くだらない喧嘩をして、大好きな保を殺してしまった。膝が震えた。涙と嗚咽《おえつ》が溢れ出た。

このとき、陽葵はまだ警察署にいた。警察官がそばにいる。泣くのをこらえようとしたが、無理だった。

もう何年も涙を呑み込むことを忘れて生きていた。悲しいことや嫌なことがあっても、彼が背負ってくれた。陽葵の話を聞いて慰めてくれた。陽葵は、ただ夫に抱きついて泣いているだけでよかった。

抱きつく相手を失った陽葵は、声を上げて泣いた。声にならない声で持ち主のいなくなったスマホに謝った。

「ごめんなさい、ごめんなさい……」

何度も何度も何度も、声が嗄《か》れるまで繰り返した。

警察官は、何も言わず陽葵のそばに立っていた。

○

——しばらく実家《うち》にいたら。

両親に言われたが、陽葵は断った。誰とも話したくなかった。

市役所の仕事は、しばらく休むことにした。届けを出したので、忌引きと有給休暇ということになっているが、職場に戻るかは分からない。このまま仕事を辞めてしまうような気もした。

彼がいなくなった後の日々は、明かりのない長いトンネルの中にいるようなものだった。いつトンネルが終わるのかも、そもそも出口があるのかも、それ以前に、自分が出口を望んでいるのかさえも分からない状態だ。

陽葵は、ずっと家に引きこもっていた。ココとふたりで、じっとしていた。ゴミを捨てに行く以外、マンションの部屋から一歩も出ない。買い物はネットで済ませた。スーパーの宅配便を利用した。そもそも食欲がなかった。

だが、何も考えなかったわけではない。保には、両親も兄弟もいない。供養するのは、自分の役目だと思っていた。

でも、お寺にやってもらう以外、何をすれば供養になるのか分からなかった。墓参りの他に、何かあるだろうか？

パソコンを立ち上げてネットで調べると、「陰膳《かげぜん》」という言葉が出てきた。長い間不在の人のために、家族が無事を祈って供える食事のことだ。法事法要のときに、故人のために用意する食事をそう呼ぶこともあった。陽葵が目に留めたのは、後者だった。故人を供養するために料理を作る。

それなら、自分にもできる。どんな料理を作れば供養になるのか、陽葵はさらに検索した。

たくさんのサイトがあった。お坊さんや葬儀会社のサイトもあれば、個人のブログもある。料理の専門家のページも出てきた。怪しげな業者のサイトもある。

どれから見ようかと思っていると、ココがやって来た。とことこと陽葵のほうに向かってくる。

「どうかしたの？」

「みゃん」

返事をするように鳴き、デスクに飛び乗った。そして、パソコンのキーボードを前肢で押したのだった。

「駄目でしょ」

慌《あわ》てて注意した。ココがいたずらをするのは珍しい。特に、今までパソコンに興味を持ったことなんかなかった。

「触っちゃ駄目よ」

「みゃ」

注意すると、素直に返事をした。しかも、キーボードを一度押して満足したらしく、再び「みゃん」と鳴いて、部屋の隅に行ってしまった。ひと仕事終わった顔で丸くなった。

「どういうこと？」

聞いても、猫は答えない。眠ってしまったのか、早くも目を閉じていた。

「意味、分かんないよ」

陽葵はため息をついて、ディスプレイに目を戻した。画面が切り替わっていた。ココがキーボードを押したときに、クリックされてしまったのだろう。
個人のブログが表示されていた。少し変わった名前のブログだ。タイトルが、チョークで書いたような飾り文字で表示されていた。

ちびねこ亭の思い出ごはん

そのタイトルに惹《ひ》かれた。定食屋のブログのようだったが、更新は止まっている。陽葵が見た記事には、こう書かれていた。

夫が行方不明になったのは、もう二十年も昔のことです。
海へ釣りに行ったまま、いなくなってしまいました。

たぶん、女性のブログだ。陽葵と同じように夫を失ったみたいだ。その女性は生活のために食堂を始めた。そして、客の注文とは別に、彼女は夫の無事を祈って陰膳を作っていた。
すると、死んでしまった身内や友人を弔《とむら》うための陰膳を注文する客が現れた。葬式や法要でなくとも、死者を弔いたいと思う人間は多い。

その注文を「思い出ごはん」として受けた。故人の思い出を聞き、大切な人を偲《しの》ぶ料理を作ったのだ。

奇跡が起こりました。

信じられないことが起こったのです。

心を込めて思い出ごはんを作るたびに、大切な人との思い出がよみがえり、ときには、故人の声が聞こえてくるようになったというのだ。死んでしまった人と会うことのできた者さえいるとブログに書かれていた。

「……信じられない」

陽葵は呟いた。絶対に嘘だと思った。死者と会えるなんてあり得ないことだ。詐欺か怪しげな新興宗教に決まっている。市役所でも、この手の相談を受けることがあった。その中でも、身内を失った者をターゲットにするのは、よく聞く話だ。

そう思ったくせに、ブログから目を離せなかった。陽葵は、さらに記事を読み進めた。店の紹介をしているページがあって、住所と電話番号が載っていた。

ちびねこ亭は、千葉県君津市《きみつ》——陽葵の暮らしている木更津市の隣にあった。遠くはない。日帰りで行ける場所だ。

少し迷ってから、とりあえず電話をしてみることにした。

「はい。ちびねこ亭でございます」

感じのいい若い男性が対応してくれた。まだ油断はできないが、詐欺や怪しげな新興宗教という雰囲気ではなかった。

「予約をお願いしたいのですが」

「かしこまりました」

古風とさえ言える改まった物言いだった。やさしく柔らかな声が耳に心地よく、緊張せずに話すことができる。

「思い出ごはんを作っていただけますか？」

「承知いたしました」

日程を決め、名前と連絡先、そして陰膳の献立てを伝えた。電話を切ろうとしたときだった。大切なことを言い忘れたというように、電話の向こうの声が言ってきた。

「猫が店内にいますが、大丈夫でしょうか？」

看板猫というやつだろうか。ちびねこ亭という名前なのだから、猫がいても不思議はない。むしろ、いるのがお約束だろう。

「大丈夫です」

「ありがとうございます」

電話の向こうで頭を下げている姿が浮かぶような礼儀正しい声だった。

注意点は、もう一つあった。

「ラストオーダーは午前十時となっております」

「午前？」

「はい。朝の十時です。ちびねこ亭は、午前中だけの営業となっております。ご了解いただけますでしょうか？」

「は……はい」

朝ごはん専門店なのだろうか。そういう店で陰膳を出すというのも、ぴんと来ないが、もちろん店の自由だ。

「それでは、お待ちしております。田丸陽葵様、ご予約のお電話、ありがとうございました」

最後まで丁寧だった。

　こうして電話を終えた後、改めて地図を見て、その店の近所に行ったことがあるのを思い出した。

　君津市には、日本を代表する大きな製鉄所がある。保の勤めていた会社も、その関係の仕事を請け負っていた。

　その製鉄所も参加している「君津市民ふれあい祭り」には、保と何度も行った。工場を見学し、花火を楽しんだ。屋台をのぞき、たこ焼きや焼きそばを食べた。海沿いの町を散歩もした。

　ただ、そのときは電車を使わずに自動車で行った。夫婦で交替で運転をした記憶があった。だから道も分かる。

　電車より自動車で行ったほうが早く着くのは分かっていたが、今は運転する気になれない。マンションの駐車場にある自動車は、主に保が使っていた。

　彼のにおいが、きっと残っている。彼のことを今以上に思い出す。運転できずに泣いてしまうだろう。

　電車で行くことに決め、乗換案内で経路を調べた。君津駅より青堀《あおほり》駅で降りたほうが近いみたいだ。

　ただ、たいていの電車は君津駅止まりで、青堀駅まで行く電車の本数はかなり少なかった。また、ちびねこ亭は駅から距離があるので、バスを使うことになる。電車とバスの時刻表をちゃんと見て行く必要があるが、たいした手間ではない。

○

何日かがすぎ、ちびねこ亭に行く日になった。

朝から、ココは部屋の片隅で丸くなっていた。本当に保に会えるのなら連れていきたいところだが、飲食店に猫はまずい気がする。

しかも、我が家の猫はぐっすり眠っていた。起こすのもかわいそうだ。今日のところは、一人で行くことにした。

「お留守番しててね」

起きる気配のない猫に声をかけ、陽葵はマンションを後にした。外に出ると曇っていた。天気予報が言うには雨は降らないようだが、今日はずっと曇りらしい。低気圧のせいで頭が重かった。

太陽の見えない十二月は、やっぱり肌寒い。ダウンジャケットのチャックを締めて、木更津駅へ向かった。日が差していないせいだろうか。目に映る何もかもが、灰色に見える。

寒さに追われるように歩いたからか、いつもより早く駅に着いた。改札口を通ってホームに行くと、青堀駅に行く電車が来ていた。

発車まで時間があったが、ホームにいても仕方がないので電車に乗った。車両はガラガラだった。

二人掛けの席に座って、しばらくすると電車が動き始めた。青堀駅は二つ先にあって、十分くらいで着く。

青堀駅は、千葉県富津《ふっつ》市にある。昔ながらの単線の駅だ。駅舎とホームを跨線橋で連絡しており、陽葵が生まれる前の時代――例えば、昭和のころを思わせた。いい感じに古びていて、昔のドラマに出てきそうな雰囲気があった。

電車を下りて改札口を出た。青堀駅の裏手にはたくさんの古墳があって、観光名所になっているようだが、陽葵はそれを見ることなくバスに乗った。予約の時間に遅れたくなかったし、観光に来たわけではないのだ。

バスも空いていて、自分の他には運転手が乗っているだけだった。どこに行っても空いている。平日の昼間は、いつもこうなのだろうか。

何をするでもなく座っていると、車窓の外に小糸《こいと》川が見えた。ネットで調べてきたから地図は頭に入っている。この川の向こう側が、ちびねこ亭のある君津市だ。

君津市は田舎だが、木更津市よりも財政力指数は高い。地方交付税交付金なしでやっていける優秀な町だ。たぶん、それは粗鋼生産量日本第二位の日本製鉄君津製鉄所があるからだ。

そんなことを思っているうちに、目的のバス停に着いた。降車ボタンを押してバスを出ると、潮のにおいがした。ウミネコやカモメが、川面の上空を飛んでいる。東京湾が、すぐそこにあった。

小糸川沿いの道は静かだった。家は建っているが、誰もいない。バス停から見える範囲には、コンビニも個人商店もなかった。人見《ひとみ》神社が近くにあるはずだが、ちゃんと調べて来なかったので分からない。相変わらず曇ったままだ。

意味もなく息を吐き、バスを見送ってから歩き始めた。海に向かって進めばいいのだから、迷子になることはないだろう。それでも念のため、スマホで位置を確認した。やっぱり、間違っていない。

地図の通りに歩くと、広々とした砂浜に出た。こんなところに食堂があるのか、と不思議に思った。まるで海の家みたいだ。

「ここでいいのよね……」

呟いて、もう一度スマホを見た。その瞬間、ディスプレイに表示されている日付が目に飛び込んできた。

――十二月下旬。

孤独な気持ちは、突然、襲いかかってくる。何気なく見たものに傷つくことがある。いつも見ているものに傷つくことがある。

改めてクリスマスが終わってしまったと思った。もうすぐ年が明ける。正月がやって来る。でも保はいない。来年も再来年も、ずっとずっといない。

大粒の涙が溢れた。膝が震えて立っていられなくなり、砂浜にしゃがみ込んだ。こんなところで泣いては駄目だと思ってみても、涙は止まらない。

我慢できずに、子どもみたいに両手で顔を押さえて泣いた。声を立てて泣いてしまった。陽葵は泣いた。

悲しみの海に浸《つ》かっていると、時間の感覚がおかしくなる。どれくらいの間泣いていたかさえ分からなくなる。

不意に、若い男性の声が降ってきた。

「あの――」

陽葵は慌てた。はっと顔を上げると、自分より少し年上に見える男が立っていた。やさしげな顔立ちの二枚目だった。抜けるように肌が白く、女性用にしか見えない華奢《きゃしゃ》な眼鏡をかけている。長袖のワイシャツを着て、黒いパンツを穿《は》いていた。少し長めの黒髪が、潮風に吹かれてサラサラと揺れている。

「大丈夫ですか？」

男性に聞かれた。心配して声をかけてくれたようだ。

大丈夫じゃなかったけれど、そうは言えない。震える膝に力を入れて立ち上がり、気力を振り絞って嘘をついた。

「ありがとうございます。もう大丈夫です」

返事をしながら、自分にも言い聞かせた。大丈夫でなければ生きていけない。泣くのをやめて食堂に行かなければならない。もう夫はいないのだから、一人で生きていかなければならない。

「それでは」

と、頭を下げて歩こうとしたときのことだ。若い男性が名乗った。

「ちびねこ亭の福地櫂《ふくちかい》です。田丸陽葵さまでいらっしゃいますか？」

華奢な眼鏡をかけた二枚目は、予約を取った店の人だった。今さら気づいたが、電話の声と同じだ。

「は……はい」

返事をすると、櫂がほっとした顔になった。

「お迎えに上がりました」

はっとしてスマホを見ると、予約の時刻をすぎていた。遅刻だ。店の人間が様子を見に来るのは、ある意味、当然だった。

「……すみません」

「いえ。お気になさらないでください。ご案内してもよろしいでしょうか？」

「よろしくお願いします」

「こちらにどうぞ。すぐそこですので」

櫂がエスコートするように歩き始めた。陽葵も足を進めた。いつの間にか涙は止まっている。

案内されるまま歩いていくと砂浜が終わり、白い貝殻を敷き詰めた小道に出た。建物が見える。ヨットハウスにも見える洒落た木造建築だ。住居を兼ねているのか、ゆったりとした二階建てだった。櫂が紹介するように言った。

「あの青い建物が、ちびねこ亭です」

雪のように白い小道の先に、カフェで見かけるタイプの黒板があった。看板代わりに置いてあるのだろう。

白いチョークで文字が書かれている。

ちびねこ亭
思い出ごはん、作ります。

商売気がまるでなかった。メニューも営業時間も書かれておらず、その代わりのように子猫の絵と注意書きがあった。

当店には猫がおります。

文字も絵も柔らかく、女性が書いたもののように見えた。
その看板の前まで来たとき、櫂が厳しい声を発した。
「こんなところで何をしているんですか?」
自分が怒られたのかと思ったが、彼の視線は陽葵に向けられていなかった。看板代わりの黒板を睨《にら》みつけるように見ていた。
誰に怒っているのか分からずに戸惑っていると、黒板の陰から声が上がった。

「みゃん」

一瞬、ココかと思ったが、もちろん違った。声が似ているだけだった。黒板の陰から、茶ぶち柄の子猫がひょっこりと顔を出した。

「みゃあ」

陽葵の顔を見てまた鳴いた。黒板に描かれた絵にそっくりだ。鞠《まり》のように小さく、そして可愛らしい。

「この店の猫ちゃんですか？」

「ええ」

櫂は頷《うなず》いたが、眉間《みけん》には皺《しわ》が寄っていた。もともとの顔立ちがやさしいので怖くはないが、やっぱり怒っているようだ。子猫に厳しい視線を向けている。

「猫ちゃんに何かあるんですか？」

不思議に思って聞くと、櫂が返事をした。

「すぐに外に出てしまうんです」

――なるほど。

猫を飼っている身としては、納得できる返事だった。この茶ぶち柄の子猫には、脱走癖《へき》があるのだ。

我が家のココもそうだ。ドアや窓が開いていると、外に出ていこうとする。宅配便を受け取った隙《すき》を突いて、廊下に飛び出したこともあった。出入り口の少ないマンションでも手を焼いているのだから、ゆったりとした作りの一軒家では見張り切れないだろう。

櫂が、子猫に向かって説教を再開した。

「何かあってからでは遅いんですよ」

そう言いたくなる気持ちはよく分かる。外は危険だ。自動車やバイクが来なくても、カラスに襲われたり、迷子になってしまうこともないとは言えない。野良猫と喧嘩をして大怪我をすることだってある。

「勝手に外に出ては駄目ですよ」

「みゃ」

茶ぶち柄の子猫が、返事をするように鳴いた。どことなく神妙な顔をしているが、反省しているようには見えなかった。しっぽを立てている。

「昼間もケージに入れますよ」

「みゃみゃ」

頷いているようにも見えるが、かまってもらえてよろこんでいるようにも見える。しっぽが縦に揺れていた。

櫂当人は脅しつけているつもりなのだろうが、言葉遣いが丁寧すぎて迫力に欠けている。顔も怖くない。

「分かりましたね」

子猫に念を押すように言って、陽葵に向き直った。

「失礼いたしました。当店のちびです」

茶ぶち柄の子猫を紹介したのだった。

世の中のたいていの猫は賢い。名前を呼ばれたと分かったのか、ちびが返事をするようにまた鳴いた。

「みゃ」

そして、食堂に向かって歩き始めた。店の中に戻るつもりのようだ。脱走癖があるくせに、外の世界への執着はないみたいだ。こういうところもココに似ている。

「まったく、あなたは」

櫂が、我が子に手を焼く親のようにため息をついた。それから気を取り直したように動き始めた。子猫を追い越し、店の扉を開けた。カランコロンとドアベルが鳴り、店内と外の世界がつながった。

「ちびねこ亭へようこそ」

櫂は言った。陽葵のために扉を開けてくれたのだろうが、先に入っていったのはちびだった。

ちびねこ亭には、誰もいなかった。先に入った子猫がいるだけで、店員も客もいない。店内に目をやると、テーブルも椅子も木製で、丸太小屋のようなやさしい雰囲気が漂っていた。山小屋に来た気持ちにならないのは、大きな窓があって海が見えるからだろう。波の音がよく聞こえた。

「こちらへどうぞ」

櫂が、窓際の席に案内してくれた。四人がけの席だった。

「ありがとうございます」

陽葵が席に座ると、ちびが短く鳴いた。

「みゃ」

陽葵に鳴いたわけではなかった。こっちを見てさえいなかった。食堂の片隅に大きな古時計があって、その隣に安楽椅子がある。ちびは、そこに飛び乗った。

ふにゃあと欠伸《あくび》をし、丸くなった。昼寝をするつもりのようだ。すぐに寝息が聞こえ始めた。

眠くなる気持ちはよく分かった。店内は暖かくて居心地がいい。詐欺か怪しい新興宗教かと疑って来たが、そんな様子は微塵《みじん》もなかった。陽葵は、ほっとする。

でも、その一方で死者と会えそうな雰囲気もない。今のところ、ただの素敵な店だ。保が現れるとは思えなかった。

「思い出ごはんですけど……」

質問しようと口を開いたが、言葉が続かなかった。どう聞けばいいのか分からない。ブログを見たところから話すべきだろうか。

口を開いたものの言葉に詰まっていると、櫂が告げた。

「ご用意できております。すぐにお持ちいたします」

予約した食事の催促をされたと思ったようだ。陽葵の言葉の続きを待たずに、足早にキッチンに行ってしまった。

〇

この店には、テレビどころか雑誌もなかった。あったとしても見る気にはなれなかっただろう。実際、スマホを持っていたが、触りもしなかった。ただ窓際の席に座って、保のことを思い出していた。

　結婚したばかりのころから、夫は仕事の帰りが遅かった。勤務時間が不規則な上に、毎日のように残業があった。

「夜は、外で食べて来ようかな」

「たまにはいいけど、いつも外食は駄目よ」

「でも、仕事から帰って来て作るのはキツいなあ」

「そうね」

　陽葵は頷き、提案した。

「私が作ろうか？」

　すると、保はうれしそうな顔をした。それから気遣う口調で聞き返してきた。

「いいの？　君だって仕事があるのに大変じゃない？」

「大丈夫。それに、朝ごはんを作ってもらってるから」

　家で食べたほうが、健康的だし節約にもなる。また、このときは言わなかったが、夫のために料理を作るのが好きだった。

　お気に入りの音楽を聴きながら夕食を用意して、ココと一緒に保の帰りを待つ。そんな他愛《たあい》のないことが幸せだった。

ずっと幸せなまま生きていけると信じていた。何の疑いもなく、夫と暮らす日々が続くと思っていた。

その幸せを壊したのは自分だ。つまらないことで腹を立てて、呪《のろ》いの言葉を吐いてしまった。

――バカ、死んじゃえ。

現実になった。彼は本当に死んでしまった。陽葵に謝ろうとして事故にあった。

自分のせいだ。また涙が込み上げてきた。後悔と悲しみが、胸を突き上げてくる。嗚咽と一緒に口から零《こぼ》れそうになる。

保が死んでから、ずっと泣いている。毎日、泣いていた。泣き始めると、壊れた水道のように涙が止まらなくなる。

その涙をこらえようと唇を噛んでいると、櫂がキッチンから戻ってきた。料理を載せたトレーを持っていた。

「お待たせいたしました」

一流レストランのウェイターのように、音を立てずに皿をテーブルに置き、陽葵にメニューを紹介した。

「焼き立ての食パンとクラムチャウダーです」

食パンにはたっぷりバターを使いました、とも言った。

東京からアクアラインで六十分ほど行ったところに、木更津海岸・中の島公園の潮干狩《しおひが》り場がある。春から夏にかけて、浅蜊《あさり》や蛤《はまぐり》、青柳《あおやぎ》などを獲ることができる場所だ。観光名所でもあり家族で遊びに行くところでもあるが、さすがに十二月は開《あ》いていない。

「冷凍の浅蜊を使いました」

櫂は隠さずに言った。陽葵もそうしている。ものによるが、たいていは味も悪くないし、保存しておけるので便利だ。

浅蜊に豊富に含まれているタウリンは、血中の余分なコレステロールを排除し、血液の粘度を下げて動脈硬化を防ぐ。血圧や血糖値の高い人におすすめの食品だと言われている。

櫂の説明は続いた。

「クラムチャウダーの牛乳も、地元のものです」

房総は酪農も盛んで、牛乳の生産量は全国で上位に入る。また、牛乳はカルシウム、たんぱく質、各種のビタミンなどをバランスよく含む食品でもあった。さらに、最近では免疫力を高めるとも言われている。

その両方を使って作るクラムチャウダーは身体にやさしく、しかも、このあたりの町の名物料理だ。木更津産の浅蜊を使っていることから、「木更津チャウダー」と呼ばれることがあった。

テーブルに置かれたクラムチャウダーは、陽葵の作るものによく似ていた。にんじん、玉ねぎ、じゃがいも、しめじ、ベーコンが入っていて、それらは浅蜊よりも小さめの一センチ角に切られている。仕上げに散らしたパセリと黒胡椒《くろこしょう》も、家で作ったクラムチャウダーとそっくりだ。

食パンもクラムチャウダーも、予約をしたときにレシピを話したが、電話で聞いただけでここまで似たものを作ってくれたのだ。

「温かいうちにお召し上がりください」

「は……はい。いただきます」

スプーンを手に取りクラムチャウダーをすくって、火傷《やけど》しないように気をつけながら口に入れた。

バターと牛乳の香りが広がった。こってりとした乳製品の味だ。それをすぐにベーコンとしめじ、浅蜊の旨味《うまみ》が追いかけてきた。濃厚すぎると思うところだが、粗《あら》く挽いた黒胡椒がアクセントになっていた。味のバランスがいい。

どの具材も美味しかったが、やっぱり主役は浅蜊だろう。水煮にありがちな臭みが、まったくなかった。ふっくらと柔らかく、それでいて嚙むと弾力がある。芳醇《ほうじゅん》な香りを感じる。陽葵は、その秘密を知っていた。たぶん白ワインだ。

クラムチャウダーを作るとき、浅蜊を日本酒やワインで蒸してから加えると美味しさがアップする。ネットで得た知識だ。陽葵が作るときは、日本酒よりも、白ワインを使うことが多かった。

木更津チャウダーは、保のお気に入りのメニューだった。美味しい、美味しいと食べる夫の姿が思い浮かんだ。パンとだけでなく、ごはんと一緒にも食べていた。食欲がないときでも、クラムチャウダーだけは残さなかった。

料理上手な夫だったけど、自家製の食パンとクラムチャウダーだけは陽葵のほうが得意だった。陽葵の作ったクラムチャウダーは、夫のお気に入りだった。

相変わらず旨いな。

保の声が聞こえた気がして、陽葵は顔を上げた。夫が現れたと思ったのだ。

でも、彼はいなかった。入り口の扉はしっかりと閉まっていて、誰かがやって来る気配もない。

「当たり前か……」

今さら呟いた。死んだ人間が現れるわけがない。死者と会えるというのは比喩で、大切な人を偲びながら思い出の料理を食べる店なのだろう。だから、〝思い出ごはん〟なのだ。嘘は一つもない。

保と会えると期待していたほうが間違っているのだろうが、がっかりしたのも事実だ。気持ちが萎《しぼ》んで食欲がなくなった。

もう食べたくなかった。料理を下げてもらおうと思ったが、こんなに残しては申し訳がない。

せめて食パンだけでも食べようと、改めてテーブルを見た。そして、ようやく、それに気づいた。

「ジャムスプーン……」

食パンの皿の脇に、小さな木製のスプーンが添えられていたのだ。だが、ジャムはどこにも見当たらない。テーブルに置かれていなかった。置き忘れたのだろうか。

ジャムがありません、と櫂に声をかけようとしたときだ。

「みゃん」

猫の声が聞こえた。見れば、寝ていたはずのちびが安楽椅子の上に立っていた。何かを見ているようだった。その子猫の視線を追いかけると、陽葵のカバンに辿《たど》り着いた。

――そうだった。

自家製のジャムを持ってきたのだった。

非常識な真似《まね》だと分かっているが、思い出ごはんには必要だった。予約の電話をしたときに、ちゃんと櫂にも断った。

櫂はおぼえていてくれたのに、なぜか陽葵が忘れていた。こんなに大切なことを忘れてしまうなんて、どうかしている。

それでも念のため櫂に聞いた。

「持って来た自家製のジャムを食べてもいいですか?」

「もちろんです」

「みゃ」

ちびまでが返事をした。陽葵はふたりに会釈して、カバンから瓶《びん》を取り出した。

そこには、びわのジャムが入っていた。

○

びわも千葉県の名物だ。

房総での栽培の歴史は古く、宝暦《ほうれき》元年（一七五一）に始められたと言われている。明治四十二年（一九〇九）から今日まで、皇室に献上されているほどの逸品だ。そのまま食べても美味しいが、近年では、『びわカレー』や『びわソフトクリーム』など、びわを使った商品が人気を集めている。

ただ、びわの旬は初夏だ。収穫される期間は短く、千葉県では一ヶ月くらいしか手に入らない。今は十二月なので、売っていない。だから、家では土産屋で売っている缶詰のびわを使ってジャムを作っていた。

果物のジャム全般に言えることだが、作り方は簡単だ。びわを好みの大きさにカットして、砂糖とレモン果汁を加えて加熱するだけだ。電子レンジで作ることもできる。教えてくれたのは夫だ。

今日、ちびねこ亭に持ってきたジャムも、保が作ってくれたものだ。冷蔵庫に入っていた。そのジャムを瓶ごと持ってきたのだ。

陽葵が、その瓶の蓋《ふた》を開けてパンに塗ろうとしたとき、テーブルの横から櫂が聞いてきた。

「食パンをトーストいたしましょうか？」

相変わらず漫画に出てくる執事みたいな話し方だ。声も物腰も穏《おだ》やかで押しつけがましくないので、自然に頼むことができた。

「お願いします」

「かしこまりました」

軽く頭を下げてからキッチンに行き、手早く食パンを焼いてきてくれた。四枚切りの厚さにスライスしてある食パンが、こんがりとしたキツネ色になった。

「焼き加減は、これでよろしいでしょうか？」

「ありがとうございます」

陽葵は答えた。パンの厚さも焼き加減も申し分ない。保は、分厚く切った食パンをしっかり焼いて食べるのが好きだった。

「ごゆっくりお召し上がりください」

櫂は、キッチンに戻っていった。食事の邪魔にならないように、見えない場所に行ったように思えた。

テーブルに目を移すと、分厚く切られたトーストから香ばしいにおいが立ち昇っている。こんがりと焼けてはいるが、少しも焦《こ》げていなかった。ジャムを付けずに食べても美味しいだろうが、それでは思い出ごはんにならない。

「……いただきます」

もう一度言ってから、陽葵は自分で作ったびわのジャムをたっぷり塗った。びわの甘い果汁が、キツネ色のトーストに染みていく。

ナイフとフォークが添えられているが、家では使わない。特に保は、必ず手づかみで食べていた。

行儀が悪くても、夫が生きていたころと同じようにするべきだろう。まだ熱いトーストを手に持ち、ジャムをこぼさないようにしながら食べた。

「美味しい」

食パンの表面はカリカリに焼けているが、中はもっちりとしている。小麦粉の素朴な甘さが、びわの上品な甘さと混じり合う。合間にスープを飲んだ。びわジャムのトーストは、黒胡椒を利かせたクラムチャウダーとも相性がいい。

このとき、ふと不思議なことに気づいた。正面の席にもトーストが置いてあるのだが、いつの間にか、びわのジャムが塗ってあった。

陽葵は塗っていない。燿がやってくれたのだろうかとも思ったけれど、トーストしてもらったときには、何も塗られていなかった。陽葵が気づかないうちに、ジャムを塗ってくれたのだろうか？

他に考えようがないが、見た記憶がなかった。食事に集中できなくなってしまった。櫂に聞いてみようと顔を上げて、ぎょっとした。

窓の外の景色が変わっていた。

あり得ないことが起こっていた。

なんと、波が止まっている。風が凪《な》いだのではなく、動画を一時停止したみたいに止まっていた。

信じられない思いで、さらに見ると、ウミネコが空中で凍りついたように固まっている。

〝え……？　何、これ……？〟

呟いた声もおかしかった。くぐもっていた。金魚鉢の中でしゃべっているみたいな声だ。

〝すみませんっ！〟

キッチンに向かって叫んだ。今すぐに櫂の顔を見たかった。しかし、返事はない。そして、なぜだか分からないが、陽葵は思った。櫂は消えてしまったんだ、と。

窓の外もキッチンも静まり返っている。まるで世界が終わってしまったみたいだ。いつかは、この世界も終わる。

いつかテレビで見た終末時計の映像が、陽葵の脳裏に浮かんだ。絶望と恐怖で、身体が震えた。

どうすることもできずに座っていたが、ふと、スマホを持っていることを思い出した。父か母にかけてみよう。いや最初にニュースを見るべきか。

とにかくスマホを取り出そうと、カバンに手を伸ばしたとき、カランコロンと音が鳴った。それは、ドアベルの音だった。

入り口の扉が開き、十二月の冷たい空気が流れ込んできた。それから、何秒か間を置いて、白い影がちびねこ亭に入って来た。

光の加減なのか顔が見えなかったけれど、陽葵には誰なのか分かった。

〝保……〟

陽葵は、彼の名前を呼んだ。死んでしまった夫が現れたのだった。

○

——紙に書くことで願い事が叶《かな》う。

高校生のころ、そんな本を読んだことがある。友人たちの間で流行《はや》っていたが、陽葵は真に受けなかった。

もし信じていたなら、夫が死んだ後に「保に会いたい」と何百回、何千回と書いただろう。心の底から会いたいと願っていた。

願い事がすべて叶うほど世の中は甘くないが、願わなければ叶うことはない。

陽葵は保に会いたいと願って、ちびねこ亭にやって来た。半信半疑だったが、会いたいと思ったのは本当だ。そして、今、願いが叶おうとしていた。

白い影が近づいてきた。顔が、はっきりと見えた。思った通り保だった。喧嘩をしたまま会社に行ったときと同じ顔、同じ服装の彼が現れたのだった。

保に抱きつきたかったが、陽葵は話しかけることさえできずに固まっていた。彼の表情が、見たこともないくらい冷たかったからだ。

テーブルのそばまで来ても座らなかった。表情と同じくらい冷たい声を投げつけてきた。

〝何しに来た？〟

〝え？〟

〝ここに来た理由を聞いている〟

〝それは……。保に会いたくて――〟

〝会ってどうする？〟

〝あなたに謝りたいの〟

陽葵は立ち上がり、夫に頭を下げた。

〝ごめんなさい。本当にごめんなさい〟

この言葉を伝えたくて保に会いにきた。たくさん、たくさん謝りたかった。他にも話したいことはあった。

しかし、言葉は増えない。何度も同じ台詞を繰り返した。ごめんなさい、本当にごめんなさい。ごめんなさい。

そうやって謝り続ける陽葵を止めたのは、保の放った言葉だった。

〝もう黙ってくれないか？〟

〝え？〟

〝うるさくて仕方ない〟

〝……え？〟

またしても聞き返してしまった。ちゃんと聞こえていたのに、はっきり耳に届いていたのに聞き返してしまった。

吐き捨てるように保は続ける。

〝気が済んだら帰ってくれ。顔も見たくないし、声も聞きたくない〟

陽葵は絶句した。返事ができない。人形のように口を動かすこともできない。

保がうんざりした口調で追い討ちをかけてきた。

〝聞こえなかったのか。帰ってくれって言ったんだよ〟

夫は、自分を拒絶している。やっと分かった。頭の芯が痺《しび》れて、両手がガタガタと震えた。泣き出したい気持ちを抑えて、どうにか言葉を押し出した。

〝どうして？　……どうして、そんなことを言うの？〟

〝分からないのか？　死ねって言われたんだぞ。それで本当に死んだ。おまえに呪い殺されたようなものだ〟

決定的な一言だった。保は自分を恨んでいる。許すつもりなど、ないのだ。

夫と会えたら謝ろう。

謝って、仲直りしよう。

そう思って、ちびねこ亭にやって来た。こんなふうに拒まれるなんて思ってもいなかった。心のどこかで、謝れば許してもらえると思っていた。仲直りできると思っていた。

死んだ人間には、生者の考えていることが分かるのだろう。保が再び吐き捨てた。

〝謝って済む問題だと思ってたんだな。自分勝手な女だ〟

〝そんな……〟

そう返すのが精いっぱいだった。反論することはできない。

〝何がそんなだ。おまえなんかと結婚しなければよかった〟

最後通牒を突きつけるように言って、夫は陽葵に背を向けた。全身を使って拒絶している。

泣きたかったが、陽葵にはその資格もない。

だって彼の言う通りなのだから。

自分と結婚しなければ、保は死ななかった。そのくせ謝れば許してもらえると思っていた。恨まれるのは当然だ。夫には、陽葵を罵る権利がある。

〝おまえが帰らないなら、おれが帰る。二度と会いに来ないでくれ。思い出されるのもごめんだ〟

早口に言って、保が歩き出した。本気だ。本気であの世に帰ろうとしている。

まだ何も話していない。

もっと話をしたい。

彼を引き留めたかったけれど、声が出ない。陽葵の心の中に風が吹いていた。嵐のように激しくて、口を開くことさえできなかった。

保が、入り口の扉の前まで歩いた。もうしゃべりもしない。外に出ていこうとドアノブに手をかけたときだ。突然、猫が鳴いた。

〝みゃ〟

ココの声のように聞こえた。家にいるはずの猫が現れたと思った。夫もそう思ったらしく振り返った。

だが、そこにいたのはココではなかった。ちびねこ亭の茶ぶち柄の子猫——ちびがいた。陽葵の顔を見て、もう一度、くぐもった声で鳴いた。

〝みゃあ〟

猫の言葉は分からないが、ちびが何を教えようとしているのかは分かった。振り返った保の顔を見たからだ。

夫は、目を真っ赤にして涙をためていた。辛《つら》い気持ちを堪《こら》えているときの顔だ。保の両親が死んだときも、こんな表情をしていた。

心配する陽葵を気遣って、大丈夫、平気だから、と嘘をついたときの記憶がよみがえった。

心の中で吹いていた風がやみ、彼の本当の気持ちが聞こえてきた。陽葵に冷たい言葉をぶつけた理由が分かったのだ。

〝あんなことを言って。ひどいことを言って、私に嫌われようとしたでしょ？〟

問いかけると、保はうつむいた。返事をせずに自分の爪先を見ている。もう背中を向けるような真似はしなかったが、じっと黙っている。

陽葵は、言葉を重ねなかった。保が何かを言おうとしているように思えたからだ。沈黙が訪れた。

時間だけが流れていく。思い出ごはんの湯気が消えていく。死者と会えるのは、食事が冷めるまでだとブログに書いてあった。

何も話さなくても時間が経てば、保はいなくなってしまう。この世から消えてしまう。本気で陽葵に腹を立てているなら、そうしただろう。

でも、彼は黙ったまま消えることを選ばなかった。口を開き、陽葵に静かに語りかけてきた。

〝おれのことを忘れて欲しい。おれのことを嫌いになって欲しい〟

陽葵は黙っていた。どうしてと問い返すこともしない。ただ口を閉じて、保の言葉を聞いていた。

〝おれは死んでしまったけど、陽葵の人生は続く。おれのことなんか忘れて、いい男を見つけて幸せになって欲しい〟

話す声に熱がこもっている。彼は、陽葵を恨むどころか幸せを願ってくれている。親を早くに亡くしたこともあって、家庭を持つのが幸せだと思っていた。

自分の代わりに大切にしてくれる誰かを見つけたほうが、陽葵が幸せになれると信じているのだろう。

思い出すのは、プロポーズされたときに言われた言葉だ。

死んでも陽葵を幸せにするから。

その約束を守ろうとしているのだと分かった。陽葵の幸せを心から願っているのだと分かった。

だから、言い返した。だからこそ言い返した。

〝余計なお世話よ〞

結婚したから幸せになったわけじゃない。保を好きになったから、結婚相手が彼だったから、陽葵は幸せになったのだ。

両手を握り締めて、ともすれば震えそうになる身体を押さえつけるようにして、自分の気持ちを彼に伝えた。

〝嫌いよ。そんなことを言うあなたは嫌い。大嫌い〞

頭にあったのは、保と出会ったころの記憶だ。高校の現代文の授業で、〝I love you〞を「月が綺麗ですね」と訳した文豪の話を聞いたことがあった。

本当はそんなことを言っていないという説もあるが、その翻訳は間違っていないと思った。日本人は「愛している」なんて滅多《めった》に言わない。陽葵自身、保に向かって「大嫌い」と言った回数のほうが多い。

でも、本当に嫌いだったわけではない。その言葉には、いつだって〝I love you〟の気持ちがこもっていた。「大嫌い」が〝I love you〟を意味することもあるのだ。人を好きになると、そのことがよく分かる。

陽葵はありったけの気持ちをこめて、死んでしまった夫に愛の告白をした。本当の気持ちを伝えた。

〝あなたなんて大嫌い〟

言葉は大切だけど、すべてじゃない。言わなくても伝わることがある。口に出さないほうが伝わることがある。反対のことを言っても伝わることがある。このときも伝わった。たぶん、伝わった。

〝陽葵……〟

愛《いと》おしそうに名前を呼んでくれた。今まで何百回、何千回と呼ばれてきたが、そのたびに彼を好きになった。いつだって、名前を呼ばれる前よりも好きになる。もっと、もっと好きになりたかった。

保の顔が、すぐそこにある。手を伸ばせば触れられそうだが、きっと触れることはできないだろう。彼も、陽葵に触れようとはしなかった。その代わり、やさしい声で言った。

〝おれも、君のことが大嫌いだ。初めて会ったときから、ずっと大嫌いだ。君より嫌いな人は、この世にもあの世にもいない〟

こらえきれなかった。

〝保……〟

彼の名を呼び、抱き締めようと手を伸ばした。保を家に連れて帰ろうと思ったのだ。でも、やっぱり、彼に触ることはできなかった。

陽葵の手が届く前に、保は消えてしまった。姿が見えなくなった。さっきまでいたはずなのに、どこにもいない。

〝保、どこ？　どこにいるの？〟

聞きながら、彼をさがした。姿は見えないが、気配を感じた。保のにおいがする。温かい空気がそこにあった。

しかし、彼は返事をしなかった。そばにいるのに何も言わない。

何秒かの沈黙の後、足音が聞こえた。保が歩き出したのだ。陽葵から遠ざかっていく。

やがてカランコロンとドアベルが鳴り、開いたままになっていた扉が閉まった。

陽葵の目から、涙が落ちた。それでも、陽葵は黙っていた。

テーブルの上では、クラムチャウダーの湯気は完全に消えている。思い出ごはんは冷めてしまった。

○

その後のことは、よくおぼえていない。

子どものように泣いていた気もするし、保を追いかけて外に出ようとした気もする。大切な時間をすごしたはずなのに、深い霧の中を彷徨《さまよ》い歩いたように記憶は曖昧だった。

そのまま、ぼんやりしていると、男の声が聞こえた。

「緑茶をお持ちしました」

湯飲み茶碗がテーブルに置かれた。いなくなっていた櫂が、お茶を淹《い》れてくれたのだった。

陽葵は覚醒し、顔を上げた。窓の外の景色が目に入った。相変わらず曇っているが、世界は動き始めていた。波が打ち寄せ、ウミネコがその上空を飛んでいる。鳴き声も聞こえた。思い出ごはんを食べる前の世界だ。

テーブルの上はすでに片付けられていて、びわジャムの瓶だけが置かれていた。半分くらい減っているが、陽葵が一人で食べたのかもしれない。保の痕跡はどこにも残っていなかった。

夢を見ていた気分だ。

本当に夢だったのかもしれない。

そう。

自分に都合のいい夢。

保は、陽葵を恨んでいなかった。幸せを祈ってくれていた。

「ありがとうございます」

糶にお礼を言って、緑茶を飲んだ。爽やかな香りが、口いっぱいに広がった。

ほっと息をついていると、猫の鳴き声が足元から聞こえた。

「みゃん」

茶ぶち柄の子猫がいた。首を傾《かし》げて、こっちを見ている。

「ありがとう」

ちびにもお礼を言った。この子猫がいなかったら、保に気持ちを伝えることはできなかっただろうし、都合のいい夢を見ることもできなかった気がする。

「みゃ」

看板猫は返事をするように鳴き、安楽椅子へと戻っていった。それから、身体を丸めて寝てしまった。疲れているようにも見える。

ふとココを思い出した。今ごろ、誰もいないマンションの部屋で眠っているかもしれない。独りぼっちで寂しがっている可能性もある。

気づいたときには、櫂に問いかけていた。

「うちにも猫がいるんです。今度、連れて来てもいいですか？」

保と会うことはできたが、傷は癒《い》えていない。この先も寂しい思いをするだろう。泣きたくなるくらいの悲しみの中、一人で生きていかなければならないのだから。

でも大丈夫。

きっと大丈夫だ。

自分には、思い出がある。保からもらった言葉がある。愛してもらった記憶がある。辛い気持ちになったときには、ちびねこ亭に来ればいい。ココも、この店を気に入るはずだ。

飲食店に猫を連れてくるなんて無茶な話だ。だが、櫂は拒まなかった。礼儀正しい口調で応じてくれた。

「もちろんです。いらっしゃってください」

ちびねこ亭特製レシピ

びわジャム

材料

・びわ
・砂糖　好み
・レモン果汁　大さじ1

作り方

1　びわの皮を剥き、種を取る。
2　食べやすい大きさにカットする。
3　鍋に2を入れ、砂糖とレモン果汁を加えて焦げないように加熱する。
4　びわと砂糖、レモン果汁が混ざり合ったら完成。

ポイント

りんごや苺など、他の果物でも作ることができます。加熱時間を短くすると、果物の食感を楽しむことができます。また、砂糖の代わりに、オリゴ糖や蜂蜜を使っても可（ただし、風味は変わります）。

黒猫とおらが丼

おらが丼

「おらが丼」の「おらが」とは、「我が家の」という意味。商工会食文化研究会の働きかけにより、それぞれのお店で工夫を凝らした、その店ならではのオリジナル丼〝おらが丼〟が誕生しました。

おらが丼には、どうしても守らなければならない掟《おきて》がいくつかあります。
1．素材は、鴨川《かもがわ》のブランド米「長狭米《ながさ》」をはじめとした新鮮な地元の海の幸、山の幸を主体とすること。
2．季節感を失わないこと。
3．健康を意識した商品づくりを忘れないこと。
4．入荷がなければ、その日は欠品であっても致し方なし、下手な小細工は禁物。

鴨川市ホームページより

御子柴湊《みこしばみなと》は、二十八歳になった。東京にやって来てから、十年の歳月が流れたことになる。

上京のきっかけは、高校時代にテレビに出たことだった。アマチュアバンドを競わせるコンクールみたいな番組で、湊たちのバンドは優勝した。

すると、その日のうちに、レコード会社から声がかかった。誰もが知っている大手のレーベルだった。日本を代表するミュージシャンたちが所属しているところだ。

「才能は、君たちのほうが上だ」

レコード会社の人間に言われた。誰もが知っているミュージシャンよりも才能があると言われたのだ。

「マジですか？」

「ああ、マジだ」

湊たちに声をかけてくれたのは、レコード会社のプロデューサーを名乗る四十歳の男だった。柔道選手を思わせるがっしりした体格で、黒のスーツを着ている。業界の人間だからか、言葉遣いは若かった。

「東京で勝負してみないか？」

チャンスだと思った。スターになれると思った。高校を中退して上京するしかないと思った。

迷うことは一つもない。誰だってそうすると思ったが、親や教師たちの意見は違っていた。

「音楽は趣味でやったほうがいいんじゃないのか」

大人だけでなく、クラスメートたちまでもが似たようなことを言った。無理に決まっている、プロになんかなれるわけがないと口を揃えた。考えてみれば、それも仕方のないことで、ほとんど全員が進学するような学校だった。

「何も分かってねえな」

十八歳の湊は、愚かな大人たちや同級生に同情していた。終身雇用の時代は終わったのに、安定を求めていると思ったのだ。

時代は変わった。大企業に入ったところで、人生は安泰ではない。この先、外国との競争はもっと激しくなるだろう。国際化の時代だ。そして、自分たちの音楽は世界に通用する。

「来年の今ごろは、テレビの前でおれたちの歌を聴いてるだろうな」

「コンサートに呼んでやろうぜ」

「紅白に招待したほうが、よろこぶんじゃねえか」

「親父やお袋はそうだろうな」

「だったら決まりだ。紅白に招待しようぜ。クラスメートより親優先だろ」

「おれら、親孝行だな」

バンド仲間と気勢をあげた。幼馴染《おさななじ》み四人で組んだバンドだけに仲がよかった。いつでも一緒にいた。このときも全員で大笑いし、盛り上がった。頭の固い親や教師、クラスメートたちのアドバイスを無視することに決めた。連中は間違っている。自分たちだけが正しいと思っていた。

このときが人生のピークだったのかもしれない。大声で笑ったのも、それが最後だった。

○

こうして高校を中退して東京にやって来たが、いきなりデビューできるわけではなかった。

音楽業界は不況だ。何の肩書きもない若者がデビューするためには、超えなければならないハードルがあった。

「まずはライブハウスを満員にしてみろ」

レコード会社の人間に言われた。それは命令だった。騙《だま》されたわけではない。最初から聞いていた話だし、湊たちにも異論はなかった。ライブで人気者になって売り出したほうがいい。

「テレビであれだけ受けたんだ。普通にやれば大丈夫だろう」

レコード会社の人間は、お世辞とは思えない口調で太鼓判を押し、それから言った。

「湊、おまえの実力を見せてやれ」

名指しで発破をかけられたのには理由がある。湊は、作詞作曲、ギター、そしてボーカルを担当している。バンドとしてではなく、ソロでデビューしないかと話を持ちかけられたこともあった。

「おまえなら一人でもスターになれる」

「ありがたいですが、ソロはやりません。あいつらとバンドで頑張ります」

仲間を見捨てるのは、男のやることではない。自分だけで成功するつもりはなかった。全員でスターになるために上京してきたのだ。

ライブの当日、レコード会社の人間を追い払い、湊はバンドメンバーに言った。

「伝説を見せてやろうぜ」

ベタで芝居がかった台詞《せりふ》だが、湊は本気だった。

「おうっ！　伝説を作ろうぜ！」

仲間たちが応じた。一丸になり、舞台に上がった。喉の調子もよかったし、気合いも入っていた。間違いなく最高の状態だった。

その数時間後、確かに伝説は作った。ライブハウス始まって以来の不人気を記録したのだった。いや、客そのものは入っていた。レコード会社も告知してくれていたので、ほぼ満員だった。それが一曲、二曲と進むうち、どんどん客が帰ってしまった。

高校生だったのでライブをやった経験はなかったが、学園祭では盛り上がった。そのノリが東京では通用しなかったのだ。

無料と有料は違うし、高校生の学園祭と一緒にしてはいけないと今では分かるが、そのときは信じられなかった。何かの間違いだと思い、ＳＮＳでエゴサーチした。いくつかの感想を見つけた。

——どこかで聴いたような曲だ。

——ゆずとコブクロを足して五で割ったような歌。とにかく薄っぺらい。

――金を払って聴く価値はない。

――寒い歌詞を下手くそが歌っている。

――聴いているこっちが恥ずかしくなってきた。

――金と時間の無駄だった。

――素人のカラオケ以下。

いい感想は一つもなかった。悪口ばかりだった。田舎くさいバンドだと、はっきり言っている者もいた。

正直なところ、テレビ番組で評価されたときもネガティブな評価はあった。「高校生であることが最大の価値」、「ボーカルの顔と声だけのバンド」と。バンドとしてはバランスが悪いという意見もあった。

ショックを受けたが、湊はめげなかった。

「上等だよ。見返してやろうぜ」

気力を振り絞って、砕け散った勇気をどうにかかき集めて毎週のようにライブをやった。

でも、上手くいかなかった。気力も勇気も通用しなかった。

ライブをやるたびに客が減り、会場は小さくなった。最後には、ＳＮＳに悪口を書く人間さえいなくなった。

一年がすぎたころ、レコード会社の人間に言われた。

「そろそろ他の道を考えたほうがいい」

「他の道って？」

聞き返すと、彼は肩を竦《すく》めて答えた。

「さあね」

それが最後の言葉になった。その日以来、連絡が取れなくなった。電話をしても、会社に訪ねていっても、つないでもらえない。

見捨てられたということは分かったが、この時点では諦《あきら》めていなかった。しがみつくように音楽を続けた。アルバイトをしながらライブを行い、ＹｏｕＴｕｂｅに曲をアップした。

しかし、誰も注目してくれなかった。ライブのチケットは売れず、ＹｏｕＴｕｂｅの再生回数は三桁もいかない。素人のカラオケ動画に負けていた。ＳＮＳを始めても、ほとんど誰もフォローしてくれなかった。

こんなはずじゃなかった。

スターになれるはずだった。

自分たちより年下の連中が、毎月のようにデビューする。連日ネットで話題になる。Ｓ

NSで人気者になる。追い越された気になったが、人気者になった彼らは湊たちのことなど知りもしないだろう。

ネットで叩かれていたころは、今よりましだったんだと思い知らされた。こんなにたくさんの人間がいるのに、誰も湊たちの音楽に興味を持ってくれない。存在しないも同然だった。

上京して五年がすぎたころになると、ライブどころか仲間で集まることもなくなった。練習しようと声をかけても、アルバイトがあるからと断られた。湊は一人で曲を作り、近所から苦情がこないように小声で歌った。

そんなある日、バンドメンバーたちが湊のアパートにやって来た。楽器を持っていなかった。部屋に上がることなく、玄関先で言われた。

「悪いが、抜けさせてもらう」

「おれも限界だ。あとは一人でやってくれ。おまえなら、一人でやっていけるさ」

「うん。湊一人のほうがいい。おれらが足を引っ張っていたんだ」

彼らだけで話し合っていたのだろう。それは相談でさえなかった。通告だ。やめることを決めているのだ。

謝ってはいるが、どの顔にも、人生を無駄にしたと書いてあった。音楽なんてやらなければよかったと書いてあった。

「そっか。分かった」

そう言うのが、やっとだった。責める権利はない。この五年間、ずっと暗闇の中でもがいていただけだったのだから。

明けない夜はないというが、朝になる前に死んでしまうこともある。駄目になってしまうこともある。光を求めて別の世界に行くのは当然だ。湊の中にも、別の世界の光を求める気持ちがあった。

ときどき、高校時代の同級生のことを考えた。大学を卒業し就職した者もいるだろうし、結婚した者もいるだろう。

あれほどバカにしていた平凡な暮らしを羨《うらや》ましいと思うことがある。音楽をやらなかった人生を何度も想像した。今ごろ、結婚して子どもがいたかもしれない。考えても仕方のないことだが、やっぱり考えてしまう。

最後のミーティングは呆気《あっけ》なく終わった。

「そろそろ行くからな」

「じゃあな」

「元気でな」

誰一人として、また会おうとは言わなかった。湊も言わなかった。ここにいる全員が、言うべきではないと知っていた。

こうして仲間たちは去っていき、湊は独りぼっちになった。デビューすることなく、バンドは消えた。

○

仲間たちは田舎に帰ったが、湊は東京に残った。歌うことをやめたくなかった。夢を諦めきれずにいた。

ここ数年で時代は大きく変わった。ネットの力が強くなり、そこで注目を浴びれば稼ぐことができる。年齢も学歴も肩書きも関係なくＹｏｕＴｕｂｅで人気を集めて、大金を手にするアマチュアも珍しくなかった。

だが、誰もがネットで上手くいくわけではない。湊も動画を上げているが、稼ぎにはなっていない。昔より競争が激しくなったせいもあるだろうが、バンドで動画を投稿したときよりも再生回数はさらに少なかった。

最近では、動画を投稿するたびに胸が苦しくなる。

おまえには、才能がない。

誰にも必要とされていない。


耳を塞《ふさ》いでも、声が聞こえてくる。しかも、それは自分の声だった。その声から逃げるように、動画を上げる頻度は少しずつ減った。二桁の再生回数を見るのが嫌だった。

それでも歌をやめなかった。しかし、湊にはスタジオを借りる金もない。だから、公園や路上でギターを弾きながら歌い続けた。でも当たり前だが、どこでも歌えるわけではなかった。

場所を選ばないと、付近の住民に通報される。不良やチンピラ、暴力団関係者のような連中に因縁《いんねん》をつけられたこともあった。

昼間でも歌える場所は、それほど多くない。最近、湊が行くところは決まっていた。大手進学塾の裏手にある公園だ。

民家とも離れていて、周囲に店や会社もない。ただ近くに劇団があるらしく、ときどき発声練習をしている者がいた。騒がしくても許される場所のようだ。

実際、ギターを弾きながら歌っていても、叱られたことがなかった。ここを縄張りにしているらしき黒猫が、迷惑そうな顔をするくらいだ。

この日も、朝から公園に行った。例によって誰もいない。平日の昼前だからか劇団員もいなかった。

だが、黒猫はいた。ベンチで丸くなっていたが、湊が近づくと顔を上げて、こっちを見た。

「みゃあ」

挨拶するように鳴いたのだった。飼い猫なのか、はたまた肝が据わっているだけなのか人に馴れていて彼が近づいても平然としている。

荷物を置く場所があったほうが便利だから、黒猫のいるベンチのそばで歌う準備を始めた。黒猫は、じっとこっちを見ている。興味があるというのではなく、ただ見ているだけだ。

その黒猫に湊は声をかけた。

「今日は、何を聴きたい？」

いつもしている質問だった。今の湊には、この黒猫が唯一の観客だ。

「みゃ」

黒猫が面倒くさそうに鳴いた。リクエストを口にしたような気もしたが、猫の言葉は分からない。いつもしているように勝手に訳した。

「『イエスタデイ・ワンス・モア』か」

一九七三年にリリースされたカーペンターズの大ヒット曲だ。昔は何とも思わなかったが、二十五歳をすぎてから好きになった。過去を懐かしんでいるだけでなく、歌への愛情に溢れている。

自分で作ったオリジナル曲もあるが、名曲をアレンジして歌うことも多い。特に、今日はこの曲を歌いたい気分だった。

「それでいい？」

念を押したが、黒猫は返事をしない。再びベンチで丸くなって寝息を立て始めていた。眠ってしまったようだ。猫には猫の苦労があって、疲れているのかもしれない。

その眠りを邪魔しないように演奏を始めた。黒猫の様子を窺《うかが》いながらギターを弾いて歌った。英語の歌詞は、日本語よりもメロディを引き立てる気がする。

黒猫を気にしていたのは、歌い始めの数秒間だけだった。すぐに黒猫を忘れた。この曲を歌うたびに、周囲が見えなくなる。上手くいかない自分の人生を思い返してしまうのだ。

高校時代に仲間たちと歌っていた記憶がよみがえった。あのころは、何もかもが上手くいっていた。楽しかった。無邪気に成功すると信じていた。将来に希望を持っていた。大人になるにつれて歯車が狂った。楽しいことはなくなり、成功を信じることもできなくなった。将来のことは考えたくない。目の前にあったはずの成功に触れることさえなく、十年もの歳月が流れた。音楽で収入を得たことはなく、アルバイトをかけもちして暮らしていた。

二十八歳になったが、夢は叶わないままだ。夢を叶えられないまま、独りぼっちになってしまった。

そう思った瞬間、涙が溢れそうになった。自分を憐《あわ》れむ涙を流しそうになった。

でも、泣くわけにはいかない。誰に見られていなくても、こんなところで泣くわけにはいかない。それくらいの意地は残っている。

湊は、きゅっと目を閉じて、『イエスタデイ・ワンス・モア』を歌い続けた。暗闇の中でギターを弾き続けた。

歌い終わった後も、目を閉じていた。曲が終わった後もギターを弾いていた。

やがてギターを弾くのもやめた。メロディが暗闇に溶けるように消えた。――そのときのことだ。

パチパチパチパチと拍手の音が聞こえた。

慌てて目を開けると、髪の長い女性が立っていた。黒猫の隣で手を叩いている。自分と同い年くらいだろうか。湊の歌を聴いていたようだ。それも、ずいぶん前から聴いていたように見えた。

人が来たことに気づかなかった。

驚きはしたが、嫌な気持ちはしない。拍手をもらったのは、久しぶりだった。ちゃんとした拍手は、上京してきて初めてかもしれない。

湊は腰を折り、髪の長い女性に頭を下げた。

「ご清聴ありがとうございました」

すると、いつの間にか目を覚ました黒猫が、みゃあと返事をするように鳴いた。礼を言われたと思ったようだ。

音楽は、時として人と人との距離を近くする。湊と髪の長い女性はどちらが言い出したわけでもなく、ベンチに並んで座って話し始めた。

緑谷《みどりや》莉子《りこ》、と彼女は名乗った。彼より二つ年下の二十六歳だった。聞いてもいないのに年齢を言った後、冗談めかした口調で付け加えた。

「売れ残りのクリスマスケーキなんです」

「え？　ケーキ？　どういう意味？」

「知らないんですか？」

「うん」

「女性の結婚適齢期をクリスマスケーキに例えた比喩ですよ」

「結婚適齢期？」

問い返すと、莉子が説明してくれた。バブル経済時代と呼ばれた一九八〇年代後半ごろに言われたもので、女性は二十五歳をすぎると需要がなくなるという意味だ。十二月二十五日が終わると、クリスマスケーキに半額シールが貼られるのをイメージしているのだろう。

「くだらない」

言葉が出た。女性を馬鹿にしていると不快に思ったわけではない。昔の人間に、自分のことを言われた気がしたのだ。

腹を立てているうちは、まだよかった。すぐに気持ちが落ち込んで、泣き言をこぼしてしまった。

「おれは、捨てられたクリスマスケーキだ」

歌手としての賞味期限はとっくにすぎている。レコード会社にもバンド仲間にも捨てられた。ＹｏｕＴｕｂｅをやっても見向きもされない。そのくせゴミ箱にへばりついたケーキのように、歌うことにしがみついている。

「歌っても誰も聴いてくれない」

冗談めかして言ったが、ただの事実だった。

湊の歌は、誰にも必要とされていない。

「そんなことないですよ」

莉子が言った。慰めてくれようとしているのだと思った。ますます情けない気持ちになった。

「つまらないことを言った。忘れてくれ」

湊は話を変えようとしたが、彼女は首を横に振った。

「誰も聴いてくれないなんて嘘ですよ」

間違いを正す口調だった。そんなふうに言われるのは意外だった。

ついさっき出会ったばかりなのに、湊のことを知りもしないのに、どうして断言できるのだろう？　いい加減なことを言っているようにも見えない。

問うように莉子を見ると、相変わらずの真顔で答えた。

「ここにふたりもファンがいるじゃないですか」

さすがに、そのうちの一人が誰なのかは分かった。

だが、ここには莉子しかいない。

「ふたり？」

「はい」

莉子はこくりと頷き、ベンチで香箱を作っている黒猫を指差した。

「ファン一号と二号です」

ただ、どちらが一号かは言わなかった。

○

気づいたときには、莉子を好きになっていた。湊の歌を褒《ほ》めてくれたからかもしれないし、彼女の穏やかさに惹かれたからかもしれない。独りぼっちでいることに厭《あ》いていたからかもしれない。

「私、『イエスタデイ・ワンス・モア』って好きなんです」

莉子が言い出した。若いのに珍しいと思った。

「でも、少し悲しい気持ちになります。自分の人生を思い返してしまうから」

そう続ける彼女の目は潤んでいた。湊と一緒だ。同じ気持ちで曲を聴いていたのだ。

「おれと付き合ってもらえないか？」

気づいたときには、交際を申し込んでいた。莉子はきょとんとし、それから、何を言われたか分からないという顔で聞き返してきた。

「付き合う？」

「恋人になって欲しい」

誤解されないように、はっきりと伝えた。名前を聞いてから、まだ三十分も経っていない。いきなりすぎるのは分かっていたが、彼女がどこに住んでいるのか知らないのだから、別れてしまったら二度と会えない可能性もあるのだ。

「恋人？」

「そう。おれの恋人になって欲しいし、君の恋人になりたい」

念を押すように言ったが、莉子はすぐには答えなかった。難しい算数の文章問題に悩む子どものような顔で考え込み、たっぷり三分くらいしてから質問してきた。

「女たらしの人ですか？」

「え？」

「ナンパ的なやつかと」

「違う」

湊は、慌てて首を横に振った。バンドをやっていると言うと遊んでいるように思われることも多いが、売れないミュージシャンにそんな暇はない。また、そのつもりもなかった。

「おれ、真面目だから」

笑ってしまいそうな台詞だが、湊は真剣だった。本気で莉子と交際したかった。自分のそばにいて欲しいと思った。

「考えてみてくれ」

「はい。考えてみます」

素直に言って、また考え込んだ。小柄で童顔だからか、やっぱり宿題に悩む子どものように見えた。湊は、それ以上何も言わずに返事を待つことにした。

公園は静かなままだ。誰もやって来ないし、自動車やバイクの音も聞こえない。飛行機も飛んでいない。この世に、自分と莉子と黒猫しかいない気がした。それは、悪い気持ちではなかった。

どれくらい時間が経っただろう。莉子がようやく口を開いた。

「私、家事手伝いなんです」

意外な返事だった。何を言おうとしているのか分からなかった。湊が戸惑っていると、莉子が言い直した。

「親に養ってもらっているんです」

「ん？」

「勝手なことをすると、親に悪いっていうか――」

「……そっか」

ため息が混じったのは、交際する気はないと言われたと思ったからだ。親を理由に断るのは、よくあることのような気がした。とにかく振られてしまった。

がっかりしたが、しつこくするつもりはなかった。そこまでダサくなりたくない。ギターを片付けて帰ろうとしたとき、莉子が再び予想外の台詞を言った。

「私と交際するなら、雇い主に会ってください」

「雇い主？」

「両親のことです」

「ええと、それって――」

頭の中で話をまとめてから、湊は聞き返した。

「つまり、君のご両親に交際の許可をもらえってこと？」

「嫌ですか？」

問われて、今度は湊が考えた。結婚を申し込んだわけでもないのに、親に会いにいく。大袈裟《おおげさ》だと思ったのは確かだが、不思議とネガティブな気持ちはなかった。湊は正直に答えた。

「嫌じゃない」

○

三日後、湊は莉子の家に向かった。住所を教えてもらい、自分のアパートから歩いていくことにした。

約束の時間に遅れないように家を出たのはいいが、湊の足取りは重かった。

「門前払いだろうな……」

歩きながら呟いた。ミュージシャンのつもりでいるが、音楽での稼ぎは0円だ。高校中退で、アルバイトをかけ持ちして暮らしている。目に見える地雷だ。娘の交際相手としては最悪の部類だろう。自分が親でも、間違いなく反対する。

「帰ったほうがいいな」

そう独りごちもしたが、行くと言ったからには逃げるわけにはいかない。莉子とも付き合いたかった。

「行くしかないか」

罵られる覚悟で家のそばまでやって来ると、五十歳くらいの男女が門の前で待っていた。湊が不思議に思うより先に、男性が声をかけてきた。

「御子柴湊さんですよね？　娘から聞いています。よく来てくれました。莉子の父と母です」

にこやかに自己紹介をしたのだった。敵意のかけらもない。門前払いどころか、湊を歓迎しているように見える。

「は……初めまして」

どうにか挨拶を済ませた。莉子の両親は、にこにこと湊の辿々しい口上を聞いてくれた。家も普通の建売住宅で、気取っている感じは微塵もない。アットホームな空気に包まれていた。

ただ、莉子の姿が見えなかった。どこにいるのだろうと思っていると、湊の気持ちを読んだように父親が言った。

「娘は中にいます。狭い家ですが、どうぞ上がってください」

「では、お邪魔します」

促《うなが》されるまま玄関から入った。掃除の行き届いた心地のいい家だった。微《かす》かに消毒液のにおいがしたのは、湊のために掃除したからかもしれない。

「こちらへどうぞ」

案内された先は、二十畳はありそうなリビングだった。莉子がいて、テーブルに料理を並べていた。

「本当に来てくれたんですね」

莉子が、湊の顔を見て目を丸くした。すっぽかすと思っていたのだろうか。

「うん。本当に来た」

湊が応じると、うれしそうに笑い、それから自慢する口調で言った。

「私が作ったの。すごいでしょ？」

テーブルの上の料理のことだろう。たくさんの皿があった。

「家庭料理ばかりじゃないの」

母親が娘をたしなめた。確かに、家庭料理が多い。肉じゃが、唐揚げ、コロッケ、ポテトサラダ、きゅうりとワカメの酢の物が並んでいて、その他にも、海鮮の載った小丼《こどんぶり》がある。

「だって、私、家庭的だから」

莉子が母親に言い返した。とぼけた受け答えは、彼女の地のようだ。湊と公園にいたときと同じ調子で話している。

「御子柴さんを放っておいて、二人で何をやっているんだ」

父親が笑いながら言い、そして、湊に席をすすめた。

「どうぞ、おかけになってください」

「ありがとうございます」

腰を下ろして、腹に力を入れた。何のために、ここに来たのかは忘れていない。食事をする前に、本題を切り出そうとしたのだ。

——莉子さんと交際させてください。

そう言おうとしたが、莉子に先を越された。

「私、湊さんと交際しようと思うの」

口を挟む暇はなかった。すでに話を聞いていたのだろう。両親は質問をすることさえなく、あっさり認めてくれた。

「あなたの好きにするといいわ」

「娘をよろしくお願いします」

夫婦そろって頭を下げた。肩すかしを食らった気持ちだが、反対されるよりはずっといい。

湊は立ち上がり、二人より深く頭を下げた。

「こちらこそ、よろしくお願いします」

すると、莉子が吹き出した。面白いものを見たという顔で笑っている。

「ん？　何か、おかしい？」

湊が聞くと、莉子は笑みを引っ込めて、真面目な顔で答えた。

「結婚するみたい」

「確かに」

まったくその通りだと思って頷いた。そのやり取りがおかしかったらしく、彼女の両親も笑い出した。

このとき、湊は二人の目が潤んでいることに気づかなかった。

○

交際を認めてもらえたはいいが、恋人らしいことは何もしていない。生きていくためにアルバイトをかけ持ちしていて、デートに行く時間も金もなかった。

情けない気持ちになったが、見栄を張らずに正直に謝った。

「本当に、ごめん」

「いいんです。その代わり、湊さんの歌を聴かせてください」

「歌？」

「うん。あの公園で歌を聴きたい」

「もしかして、気、遣ってる？」

「そんなふうに見えます？」

「いや」

本当に歌を聴きたがっているように見えた。

「私、湊さんの歌が好きなんです。大ファンですから」

「それはどうも」

おどけて言ったが、うれしかった。湊も、莉子に自分の歌を聴いて欲しいと思った。彼女のために歌いたいと思った。

こうして、二人は公園で会うようになった。アルバイトの合間を縫うように公園に行った。

公園には、相変わらず黒猫がいた。初めて会ったときと同じように、湊は黒猫のいるべンチの前で歌った。

上手く歌えないときもあったが、いつだって莉子は拍手をしてくれた。何度も何度も、湊の歌を好きだと言ってくれた。

ただ、初めて会ったときと違うこともある。湊が歌う前に、莉子は必ず聞いた。

「スマホに録音してもいいですか?」

「別にいいけど……。わざわざ録音するの?」

「はい」

こくりと頷き、莉子は独り言のように呟いた。

「悲しいことがあったら、いつでも聴けるから」

「そんな大層なものじゃないよ」

照れくさくなって言うと、莉子は真顔で言い返した。

「私にとっては大層なものなんです」

そんな会話を交わすたびに、伝えたい言葉が溢れそうになった。

録音しなくてもいいよ。

おれが君の隣で歌うから。

独りぼっちの寂しさのせいもあっただろう。出会ったばかりなのに、莉子と結婚したいと思うようになっていた。今すぐにでもプロポーズしたかった。

でも、自分には金がない。一人でも生活が苦しいのに、二人で暮らせるわけがなかった。

——プロになるのを諦めようか。

何度もそう思った。音楽は趣味でやればいい。必死に働いて彼女と家庭を築き、休みの日に歌えばいい。

歌いながら年老いていく自分の姿が思い浮かんだ。隣には、莉子がいる。湊の歌を聴いてくれる。歌い終わった後には、拍手をしてくれる。

年を取るのは、怖いことだった。ずっと将来に怯えていた。今だって怖いが、莉子と一緒なら笑って暮らせる。きっと幸せになれるだろう。

人は幸せになりたくて生きている。湊だって、そうだ。もう独りぼっちでいたくなかった。彼女と一緒に笑っていたかった。

莉子に内緒で、正社員の仕事をさがし始めた。簡単には見つからないだろうと思っていたが、人手不足の業界はあるもので、アルバイトをしていた会社の上役から「うちで正社員にならないか」と言われた。

父親と同年輩の男性で、ずっと湊のことを気にかけてくれていたようだ。自分は独りぼっちではなかったのだと思った。莉子のおかげで、そう思えるようになった。

お願いしますと頭を下げて、新年度から正社員として働くことになった。待遇も教えてくれた。基本給は安かったが、その代わり残業手当はよかった。朝から晩まで働けば、二人で生活できそうだ。

そのことを伝えようと、湊は公園に向かった。出会ってから一ヶ月しか経っていないが、莉子に結婚を申し込むつもりだった。

早く行きたかったが、アルバイトがあったので、ぎりぎりの時間になってしまった。いつだって莉子は、約束の時間より早く来る。湊を待っていることだろうと思ったが、公園に着くと姿がなかった。

「珍しいな」

言葉が出た。珍しいと言えば黒猫もいない。妙に寂しい気分になった。

とりあえずラインを送ったが、既読にさえならなかった。公園に向かっているところなのかもしれない。

――寝坊してしまいました。ごめんなさい。

謝る姿が浮かんだ。莉子はいい加減ではないが、どこか抜けているところがあった。プロポーズしようという日に寝坊するなんて莉子らしい。

「そんなことを言ったら怒られるな」

自分の想像に頬を緩《ゆる》めて、歌いながら待つことにした。最近、最初に歌う曲は決まっていた。『イエスタデイ・ワンス・モア』だ。弾き語りをするつもりで、今日もギターを持ってきた。

莉子と初めて会ったときも、この曲を歌った。あのときは、上手くいかない人生を思いながら歌ったが、今、湊の頭の中にあるのは莉子との幸せな未来だった。いつか、今日のことを思い出しながら歌う日が来るだろうとも思った。

『イエスタデイ・ワンス・モア』を歌い終えた後、そのまま休まずに何曲か歌った。約束の時間から三十分が経ったが、彼女はまだ来ない。連絡もなかった。

いくら何でも遅すぎる。湊は、莉子のスマホに電話をかけた。だが、電源が切られていた。

「どこにいるんだよ？」

呟いた声には、不安が滲《にじ》んでいた。莉子の家の電話にもかけたが、誰も出ない。幸せな気持ちは消えていた。寒気にも似た嫌な予感に襲われた。

じっとしていられなくなって、湊は駆け出した。ギターを抱えて莉子の家に向かった。走れば十分とかからないはずの距離が、とんでもなく長く感じられた。

やっと、莉子の家に着いた。必死に走ったせいで息が切れて苦しかったが、構わずチャイムを押した。

だが、反応はなかった。

静まり返っている。

誰もいないように思えた。

「何があったんだよ……」

呟いた声は、迷子になりそうなくらい小さかった。しばらく立っていたが、家は静まり返ったままだった。

仕方なく一人暮らしのアパートに帰った。眠ることもできずに、部屋の隅に座っていた。

そうして何時間もすごした。

莉子からショートメールが届いたのは、その日の夜だった。


さようなら。

楽しかったです。


他に言葉はない。慌てて電話をかけ直したが、やはり電源は切られていた。声を聞くことすらできなかった。

莉子が自分に何を伝えようとしたのかは、言葉をおぼえたばかりの子どもでも分かる。見捨てられたのだ。二人で暮らす未来を想像していたのは、結婚したいと思っていたのは、湊だけだったのだ。

怒りはなかった。ただ納得した。やっぱり、自分はゴミ箱に放り込まれたクリスマスケーキだった、と。

幸せには、なれなかったみたいだ。

○

何があっても、時の流れは止まることがない。

ギターを弾かなくなり、歌うこともやめた。正社員になる話も断り、生きるために最低限のアルバイトをする他は、ぼんやりと暮らしていた。夢も希望もなく、流されるように生きていた。

そんなふうにして十二月になった。莉子がいなくなってから、あっという間に三ヶ月がすぎた。

その日、湊は予定もないのに朝早くから起きていた。起きていたくないのに、眠っていることもできないのだ。莉子と別れてから、ずっとこの調子だ。

朝食を食べる気にもなれず、何となくゴロゴロしていると、スマホが鳴った。電話だ。しばらく放っておいたが、鳴り止まなかった。

「うるさいな……」

無気力に呟いてから、のろのろとスマホを見た。その瞬間、胸の鼓動が跳ね上がった。

緑谷莉子

彼女のスマホから電話がかかってきた。アドレス帳から彼女の番号を消していなかった。

急に酸素が薄くなった。

息が苦しい。

湊は、莉子を忘れられずにいた。ショートメール一本で別れを告げられたのに、電話を無視することはできなかった。

「……はい」

電話に出た。少し声が掠《かす》れた。突然いなくなった理由を聞きたいと思っていたが、いざ電話がかかってくると、どうでもいいことのように思えた。ただ、うれしかった。彼女と話すことができる。頭にあったのは、それだけだった。

だが、聞こえてきたのは、莉子の声ではなかった。

「もしもし」

スマホの向こうで男の声が言った。湊は虚を突かれた。莉子の電話番号なのに、わけが分からない。

どなたですかと聞き返すこともできずにいると、相手のほうから名乗った。

「緑谷です。莉子の父です。御子柴さんですね？」

記憶がよみがえった。一度しか会っていないが、確かに、莉子の父親の声だ。

湊が返事をせずにいたからだろう。問いかけるように、名前を呼ばれた。

「御子柴さん？」

「は……はい。聞こえています」

そう応じると、莉子の父親がほっとしたように話し始めた。

「突然お電話して申し訳ありません」

「いえ……」

「御子柴さんにお願いがあって、お電話いたしました」

「おれにお願い？」

「ええ」

「何でしょう？」

話が見えないまま聞き返した。スマホの向こうの声が、願い事を言った。

「娘に会ってやってもらえませんか？」

ますます戸惑った。解《げ》せない話だ。振られたのは自分のほうなのに、会ってやってくれと頼まれている。

「ご自宅に伺えばいいのでしょうか？」

とりあえず話を進めるつもりで言った。よく分からないが、莉子に会えるなら、今すぐにでも行くつもりだった。

腰を浮かしかけた湊を止めたのは、莉子の父親の声だった。

「違う場所にいます」

「違う場所？」

さっきから聞き返してばかりいる。それくらい意味が分からなかった。

すると、不意にスマホの向こうの声が途切れた。長い沈黙があった。何もしゃべらない。

電話が切れたのかと思いかけたとき、ようやく返事が聞こえた。

「ホスピスです」

父親の声は、小さく震えていた。

癌などの末期患者の身体的苦痛を軽減し、残された時間を充実して生きることを可能とさせるとともに、心静かに死に臨み得るよう幅のひろい介護につとめるための施設。

広辞苑では、そう説明されている。

テレビ番組で見たことがあったので、湊はどんな場所なのかを何となくだが知っていた。それでも聞いた。

「莉子さんは病気なんですか？」

ホスピスにいるのだから病気に決まっている。それも重い病気だと分かっているのに聞いた。質問しながら、何かの間違い、例えば自分の思い違いであって欲しいと願った。でも願いは叶わなかった。ホスピスは、湊の知っているホスピスだった。しかも、父親の返事は過去形だった。

「ええ。病気でした」

そして、今まであったことを——湊の知らなかった莉子を教えてくれた。

世の中には、不治の病に苦しむ人々がいる。

これだけ医学が進歩しても、治らない病気がある。莉子も、そんな一人だった。子どものころから手術を受け、入退院を繰り返していたという。

「一年前に、医者に覚悟するように言われました」

父親の声は小さかった。それなのに、はっきりと聞こえた。残酷な言葉ほど、はっきりと聞こえるものだ。

ホスピスに入ったのは、莉子自身の意志だった。少しでも苦痛を和《やわ》らげようと——両親に負担をかけずに人生をまっとうしようとホスピスに入った。

公園で初めて湊と会ったとき、莉子は一時的に家に帰ってきていた。身体の調子がよかったからではない。人生の終わりが近いことを知って、自分の荷物を整理しに戻ってきたのだ。

ホスピスは病院ではないので、希望を出せば自由に帰ることができる。事後の片付けのために帰宅する者は珍しくないという。

「みんな、死を覚悟していますから」

湊は相槌《あいづち》も打てなかった。電話の向こうで、莉子の父親は話を続けた。

ホスピスから帰ってくると、莉子は自分の部屋の整理を始めた。壁のポスターやカレンダーを剝《は》がし、本や洋服をゴミに出した。お気に入りのぬいぐるみやアクセサリーも捨てた。ずっと取っておいたランドセルも処分した。自分の痕跡を消そうとしたのだ。

そこまでやらなくていいと両親は言ったが、莉子は聞かなかった。自分の部屋の前に立ち尽くす父母に向かって、振り返ることなく呟いた。

「だって取っておいたら、私のことを思い出すでしょ。私のこと、忘れられなくなっちゃうでしょ」

まだ二十六歳になったばかりなのに、娘は死を覚悟していた。自分の死んだ後のことを心配しているのだ。

「私がいなくなった後、泣いて暮らしたりしないでよね。そんなことしたら、私、成仏できなくなるから」

娘の声は震えていた。背中を向けたまま震えていた。死にたくないに決まっている。死ぬことが怖いに決まっている。

母親は泣き崩れ、父親は過酷な運命を呪った。だが、娘のためにできることは、それだけだった。代わってやることもできないし、治すこともできない。励ます言葉は、どれも空虚だった。

部屋の片付けが終わると、莉子は散歩にいくと言い出した。

「外を歩くのも最後だから」

娘の病気は進んでいた。見た目には分からないが、いつ倒れても不思議はないと医者に言われていた。

そんな娘を一人にはできない。心配でたまらなかった。一緒に行こうとしたが、莉子に拒まれた。

「お父さんとお母さんは家にいて」

「でも――」

言いかけた言葉は、娘の声に掻《か》き消された。

「ずっと一緒にいたら息が詰まっちゃう。一人になりたいの」

今にも叫び出しそうな声だった。娘の身体は震えていた。両親の顔も見ず、そのまま家を出ていった。

三十分が経ち、一時間が経った。追いかけることはできなかった。

莉子は帰って来ない。

連絡をしようにも、スマホは部屋に置きっぱなしだった。

何を言われようと、一人で行かせるべきではなかった。両親は後悔し、病気の娘をさがしに行こうとしたときだった。玄関が開き、莉子が帰ってきた。

「ただいま」

声が弾んでいた。声だけではない。散歩にいくと出ていったときとは、別人のように明るい表情になっていた。

何があったのだろうと不思議に思っていると、娘が恥ずかしそうに言った。

「男の人に交際を申し込まれちゃった」

予想もしなかった言葉を聞いて、夫婦は顔を見合わせた。どう反応すればいいのか分からなかった。両親の戸惑いをよそに、莉子は続けた。

「付き合って欲しいって言われたの。もう死んじゃうのに困るよね」

言葉とは裏腹に、頬は緩んでいる。目が笑っていた。娘は、うれしそうだった。

「断ろうと思ってね、親に会ってくれって言ったんだけど本気にしちゃったみたい。今度、家に来るって」

恋をしたのだと分かった。身体が弱くて、学校にもろくに行っていなかったのだから、莉子にとっては初恋だったのかもしれない。顔が輝いて見えた。だが、明るかったのは、そこまでだった。笑みが消え、暗幕を下ろしたように娘の顔が暗くなった。

「でも、断るね。死んじゃう人と付き合えるわけないし。今から電話する」

理不尽に降りかかってきた運命に耐えるように唇を噛んでいる。告知を受けてから何度も見た顔だ。

ふと記憶がよみがえった。ホスピスに行くことを決めた夜、莉子は病院のベッドで言った。

お父さん、お母さん。

ごめんなさい。

せっかく産んでもらったのに、先に死んじゃってごめんなさい。

何もしてやれない駄目な父親だが、言うべき言葉は分かった。

「連れて来なさい」

「え？　で、でも……」

娘が反論しかけたが、言わせなかった。これ以上、悲しい台詞を言わせてはいけない。厳しい顔と声を作って宣言した。

「お父さんが、おまえに相応《ふさわ》しい男か見てやる」

莉子が驚いた顔をした。それから、意図を悟ったように吹き出した。

「お父さん、いじめるつもりでしょう」

「相手次第だな」

仏頂面で答えると、今度は母親が笑い出した。目尻に涙が滲んでいるが、久しぶりに見る笑顔だった。

茶番だと言いたければ言えばいい。自分勝手なのも分かっている。交際を申し込んだ男性にしてみれば、たまったものではないだろう。

それでも、娘の笑顔を守りたかった。短い間でもいいから、幸せな気持ちでいて欲しかった。最初で最後の恋を叶えてやりたかった。

その日から莉子は、よく笑うようになった。料理を作り、好きになった男性をもてなした。彼が帰った後も、幸せな顔をしていた。ホスピスに戻るときも、そして戻った後も、穏やかに微笑《ほほえ》んでいた。

○

湊は、海の町にあるホスピスに行った。彼女の父親から電話をもらったその日のうちに、莉子と再会したのだった。初めて会ったときのように笑いたかった。莉子の笑顔を見たかった。

彼女と話したかった。

でも、莉子はもう話すことも笑うこともできない。湊を待っていたのは、物言わぬ身となった恋人だった。

「ありがとうございました。彼女は死んでいた。御子柴さんのおかげで、あの子は幸せな気持ちで最期を迎えることができました」

ホスピスの一室で、莉子の両親が頭を下げた。ここは、彼女が暮らしていた部屋だった。

窓の外には、冬の海が見えた。

「本当にありがとうございます」

重ねて礼を言われたが、湊は話すことができない。お悔やみも言わず、黙って莉子の顔を見ていた。

幸せな気持ちで最期を迎えたと両親は言ったが、その言葉さえ信じられなかった。莉子は、別人のように痩《や》せていた。病と闘った痕跡が残っていた。

苦しかっただろう。

痛かっただろう。

死ぬのが怖かっただろう。

莉子が入っていたのは個室で、ほとんどの時間を一人ですごしていた。ホスピスに戻ってきてからの三ヶ月間、両親にさえ泣き言をこぼさなかったという。独りぼっちで病気に耐え、そして死んでしまった。

最後にもらったショートメールが頭に浮かんだ。

さようなら。

楽しかったです。

世界が歪《ゆが》み始めた。莉子の顔が滲んで見える。この世は残酷だ。何もかもを奪っていく。

湊は声を殺して泣いた。

莉子の遺体は、これから葬儀会社に運ばれる。家に帰ることなく斎場《さいじょう》で葬式を行い、火葬場で焼かれる。遺骨になるまで家に帰らないのは、彼女の希望だった。

「もう、さよならはしたから」

ホスピスに戻る前に、莉子は言い残していた。二度と家には帰らないと決めていたのだ。また、こんな言葉も残していた。

「別れは一度だけでいいの」

湊に宛てた言葉のようにも思えた。再び、ショートメールの文字が浮かんだ。涙が止まらない。湊はずっと泣き続けていた。泣くことしかできない。

やがて、ホスピス職員がやって来て、「エンゼルケアの時間です」と言った。退院の準備とも呼ばれるもので、遺体を清める作業のことだ。

服を脱ぐし化粧もするので、いったん席を外すことになった。莉子の両親は廊下で待つことにしたようだが、湊は一人になりたくて屋上に出た。エレベーターを使わずに階段で上がった。

屋上には誰もいなかった。曇っているわけでもないのに、空や海が灰色に見えた。まるで色を奪い去られたみたいだった。

ホスピスの右側には、大きな病院があった。経営者が同じらしく、建物同士が通路でつながっていてホスピスと行き来できるようになっていた。

残っている涙を涸れさせようと、十二月の風に当てたが、思い通りにはいかない。乾く暇もなく、次から次へと新しい涙が湧き上がってきた。

莉子とすごした記憶が涙を止める邪魔をする。

黒猫と一緒に『イエスタデイ・ワンス・モア』を聞いている姿が浮かんだ。一緒に時間をすごして交際を申し込むほど好きになったのに、何も気づかなかった。あのとき、彼女はすでに死を覚悟していたのだ。

悲しみが大きすぎる。

失ったものが大きすぎる。

胸の奥から嗚咽が込み上げてきた。耐え切れなかった。泣くことを我慢できなかった。

湊は、屋上の手すりに額を押し付けて泣いた。

大好きな恋人のことを思って泣いた。

五分がすぎ、十分がすぎた。

このまま泣いていたかったが、そろそろ戻らないと莉子の両親が心配するだろう。いつまでも泣いているわけにはいかない。

涸れることのない涙を拭《ぬぐ》い、屋上の手すりから額を離した。人がいるのに気づいたのは、そのときのことだった。

車椅子に乗った二十歳くらいの女性がこっちを見ていた。心配そうな顔をしている。泣いているところを見ていたのだろう。湊は決まりが悪くなった。会釈をして屋上から立ち去ろうとしたが、不意に名前を呼ばれた。

「御子柴湊さんですね？」

立ち止まり、改めて女性を見た。やっぱり知らない顔だった。ただ、忘れている可能性もないとは言えない。

「ええと、どこかで――」

「初対面です」

女性の返事を聞いて、湊は首を傾げる。

「どうして、おれのことを知ってるんですか？」

「莉子さんに写真を見せてもらったことがあるんです」

「写真？」

「ええ。スマホに撮ってありました。ギターを弾いている写真。そばに黒猫がいるやつです」

彼女の言葉を聞いているうちに、情景が思い浮かんだ。

「ああ、あのときの……」

公園で歌っているときに撮ったのだろう。歌を録音していたことは知っていたが、写真を撮っていたのは知らなかった。そして、何より、莉子とこの女性の関係が分からない。

「莉子と仲がよかったんですか？」

「隣の病院に入っています。この屋上で出会ってから、ずっとやさしくしてくれました」

車椅子に乗っている他は元気そうに見えるが、この女性も病気にかかっているのだろうか？

そう思ったことが表情に出てしまったのかもしれない。車椅子の女性が言った。

「余命五年だと告知を受けました」

驚くほど、あっさりとした口調だった。だから、思わず聞いてしまった。

「平気なんですか？」

質問してから、しまったと思った。余命五年の告知を受けて平気なはずがない。口にしてはならないことだ。自分はどうかしている。

「すみません」

慌てて謝ったが、彼女は首を横に振った。

「いいんです。平気ですから」

強がっているようには見えない。投げやりでも諦めているようでもなく、車椅子の女性は軽く微笑んでいた。

「告知は受けましたが、治療は続けているんです。まだ諦めていません。治ると信じています」

そして、自分の病気を話し始めた。

「母と同じ病気なんです」

「お母様も?」

「ええ。十五年前に他界しましたが」

隣にある病院の緩和病棟で息を引き取ったとも言った。ますます怖いだろうに、車椅子の女性は前向きだった。

「十五年前より医学は発達しているので、治ると信じているんです」

「強いんですね」

湊が言うと、再び彼女は首を横に振った。

「強くなんかないです」

その言葉には続きがあった。秘密を打ち明けるように、車椅子の女性は不思議なことを言い出した。

「最初から平気だったわけじゃなくて、母に会うまでは落ち込んでいました」

「母に会うまで？」

十五年前に亡くなったのではなかったのか？

疑問に思ったが、彼女は何の説明もせず、反対に聞いてきた。

「ちびねこ亭って知っていますか？」

「いえ……」

戸惑いながら答えた。聞いたことのない名前だったし、質問の意図も分からなかった。

「料理屋ですか？」

「はい。思い出ごはんを作ってくれる食堂です」

「思い出ごはん？」

「それを食べると、大切な人と会うことができるんです」

大切な人？

まだ意味が分からなかった。いったい、何の話が始まったのだろうか？　話についていけず湊が黙っていると、車椅子の女性は言い直した。

「ちびねこ亭の思い出ごはんを食べると、この世にいない人と会うことができるんです」

「この世にいない人？　それって——」

湊は言い淀んだ。口にしてはならない言葉のように思えたのだ。

でも、彼女は躊躇《ためら》わなかった。湊の目をまっすぐに見て言った。

「死んだ人と会うことのできる食堂です」

○

電車とバスを乗り継いで、湊は千葉県君津市にやって来た。そして、今、死者と会うことのできる食堂を目指して歩いていた。

人通りのない静かな町だが、音がまったくないわけではなかった。例えば、東京湾に流れ込む小糸川沿いの道は、やさしい自然の音に溢れていた。川のせせらぎや魚の跳ねる音、十二月の冷たい風が枯れ草を撫《な》でる音が聞こえる。

やがて、川が終わり海に出た。風が変わり、波の音が大きく聞こえた。ウミネコの鳴き声も混ざっている。何もかもが、車椅子の女性の言っていた通りだった。

砂浜を進んでいくと、白い小道に出た。神社で見るような玉砂利が敷いてあるのかと思ったが、貝殻だった。初雪のように白い貝殻が敷き詰められている。こんなに白い貝殻を見たのは初めてだ。

湊は、その小道を歩きながら視線を上げた。

「あの店か」

呟いた先には、二階建ての青い建物が見えた。入り口の脇に、看板代わりの黒板が立っている。

白チョークで店の名前が書いてあった。

ちびねこ亭
思い出ごはん、作ります。

他にも、猫がいるという注意書きがあって、子猫の絵が添えられていた。タッチは可愛らしく女性が描いたように見えた。

抱いていたイメージと違う。死者と会える食堂という言葉から、寺や神社のような建物を想像していた。だが、目の前にあるのは、ヨットハウスか海辺の洒落たカフェにしか見えない。

間違えたのか？

でも、名前は「ちびねこ亭」だ。同じ名前の店が、このあたりにいくつもありはしないだろう。念のためスマホで場所を確認すると、やっぱり合っていた。

とにかく入ってみよう。湊は、入り口の扉を開けた。ドアベルが鳴り、続いて男の声がした。

「いらっしゃいませ」

湊より年下に見える若い男が、扉の向こうの店内に立っていた。華奢な眼鏡をかけていて、若手俳優のような整った顔立ちをしている。

「ちびねこ亭の福地櫂と申します。御子柴湊さまでいらっしゃいますね。本日は、ご予約をありがとうございます」

電話を入れたときに聞いた声だった。たぶん、この店の主人だ。他に従業員はいないようだったが、櫂の足元に猫がいた。

「みゃん」

茶ぶち柄の子猫だ。首を軽く傾げるようにして、こっちを見ている。掌《てのひら》に乗りそうなちび猫だが、賢そうな顔をしていた。

「当店のちびです」

櫂が紹介すると、子猫がもう一度鳴いた。

「みゃあ」

まるで湊に挨拶しているみたいだった。ちびねこ亭の看板猫なのだろう。湊は、黒板に書いてあった文字を思い出した。

当店には猫がおります。

予約を取ったときにも注意を受けた。アレルギーや猫が苦手な人間のために配慮しているのだろう。

櫂は、それ以上、猫のことには触れず、湊を窓際の席に案内した。

「こちらにどうぞ」

「ありがとうございます」

礼を言って、腰を下ろした。四人がけのテーブルで、海や空がよく見える席だった。ウミネコの鳴き声や波の音が聞こえる。

湊の他に客はいなかった。バスを降りてから、櫂以外の人間と会っていない。店だけでなく、ここに来るまでの道すべてを借り切った気分だ。

「ただ今、お食事をお持ちいたします」

櫂は言い、キッチンに入っていった。客と雑談をするタイプではないようだ。ちびも、湊の相手をするつもりはないらしく、壁際に置いてある安楽椅子の上で丸くなっている。

ちびねこ亭にはテレビも雑誌もないが、時間を持てあましはしなかった。窓の外を眺めているうちに、櫂が戻ってきた。

トレーに料理を載せている。予約した思い出ごはんができたようだ。

「お待たせいたしました」

やさしい声で言って、二人分の料理をテーブルに並べた。一つは陰膳——莉子のためのものだろう。

櫂が作ってくれたのは、エビやイカ、ヒラメ、ブリの刺身などをふんだんに載せた丼だった。

海鮮丼のようにも見えるが、少し違う。別の名前がついていた。ちびねこ亭の主が、その名前を言った。

「おらが丼です」

交際を申し込みに行ったとき、莉子が作ってくれた料理の一つだ。鴨川市のご当地グルメだ。最近では、千葉県の他の市でも見かけることがある。

ちなみに、「おらが」とは、房州弁で「我が家の」という意味だ。地元で獲れた海の幸、山の幸を素材にしていれば、すべて「おらが丼」と呼んで差しつかえがないらしい。正確なところは知らないが、彼女はそんなふうに説明した。

莉子の家は東京にあるが、ホスピスも入院していた病院も、海の町にある。病院の食堂にも、おらが丼はあった。そこでおぼえたのだろう。

――何を入れてもオッケーなんです。

真顔で大雑把《おおざっぱ》なことを言っていた。その言葉を信じるなら、ある意味、究極の家庭料理だ。

「どうぞ、お召し上がりください」

促されて、改めて料理を見た。莉子が作ってくれたのと同じように、刺身はヅケにしてあり、その上に、大葉、小ねぎ、白ごま、刻み海苔がたっぷりとかかっていた。

「いただきます」

最初に刺身を食べた。地元で獲れたものだからか、あるいは、ヅケにして余計な水分が抜けたおかげか、口の中で蕩《とろ》けるように甘かった。白飯にもよく合った。

あのときと同じ味だ。櫂が作ったということは分かっていたが、莉子の手料理を食べている気持ちになっていた。

おらが丼にかぎらず、彼女の作った食事はどれも美味しかった。今までの人生で食べたものの中で一番美味しかった。そう思ったのは、好きな人の作った料理だったからだろう。彼女とすごした時間を思い返す。歌ってばかりいたが、幸せだった。

視線を上げて、店の中を見た。莉子はいない。窓の外をさがしても、彼女はいなかった。

――死んだ人と会える食堂。

車椅子の女性の言葉は、嘘ではなかろう。

ただ、自分には奇跡が起こらないだけだ。

「……そんなことだろうと思った」

歌も駄目だったし、大好きな恋人も死んでしまった。いつだって自分に奇跡は起こらない。

この十年間、泣いたり泣きやんだりを繰り返した。涙を零すたびに、夢は見えなくなった。奇跡を信じなくなった。

食べる気持ちが、しゃぼん玉のように消えた。半分以上も残っているのに箸を置き、ちびねこ亭から出ていこうと立ち上がりかけた。そのときのことだった。櫂がテーブルに近づいてきたのは――。

「こちらをおかけしてもよろしいでしょうか？」

そう聞かれた。彼は、見るからに熱そうな、小さな土瓶を持っていた。何も聞いていないのに、お茶が入っているのではないと分かった。莉子の家に行ったときの記憶が、また一つ、湊の脳裏によみがえった。

――お出汁《だし》をかけて食べても美味しいんです。

莉子は言い、半分食べたおらが丼に土瓶の中身をかけてくれた。昆布と鰹節の香りが、湯気と一緒に立ちこめた。土瓶には、お茶ではなく熱々の出汁が入っていた。

あのとき、莉子の作ったおらが丼は、酢飯ではなかった。酢飯で作ることもあるようだが、熱々の出汁をかけて食べるなら普通の飯のほうがいい。目の前にあるのも酢飯ではない。

「失礼いたします」

櫂が、おらが丼に出汁をかけてくれた。湯気が立ちのぼり、昆布と鰹節の香りがふわりと広がった。

刺身が湯引きしたように半生になると、土瓶を置いて薬味をさらに載せた。高価なお茶漬けのようにも見える。

食欲が失《う》せていたはずなのに、出汁をかけたおらが丼から目を離せない。空腹を感じていた。

「お待たせいたしました」

櫂の声が遠くに聞こえた。そんなはずはないのに、女性の声が混じっているようにも聞こえた。莉子の声ではない。もっと年上の女性のものだ。やさしくて温かい声——。

湊は椅子に座り直し、二度目の台詞を言った。

「いただきます」

そして、再び箸を取った。土瓶のそばには小皿があって、わさびが添えられている。そのわさびを刺身に載せて食べた。

わさびの香りが、つんと鼻にきた。半生の刺身との相性は抜群だが、わさびを付けすぎたのか涙が滲んだ。

目をつぶり、涙を呑み込んだ。それから、食事の続きをしようと目を開けると、店の中が真っ白になっていた。

世界が一変していたのだった。

○

「海霧《うみぎり》」と呼ばれるものがある。

湿潤《しつじゅん》、温暖な空気が寒冷な海面に運ばれる過程で生じる霧のことだ。多くは移流霧《いりゅうぎり》として陸上に達する。夏に発生することが多いという。三陸《さんりく》沖から北海道南東部にかけて頻発し、空港の視程障害の原因になっているという話を聞いたことがあった。

ここは東京湾だし、今は十二月だ。海霧なのかは分からないが、ちびねこ亭の店内に霧が立ち込めていた。乳白色の壁に囲まれているようだった。窓の外も真っ白で、海も空も見えない。

〝……どうなってるんだ？〟

呟くと、声までおかしくなっていた。風呂場でしゃべっているみたいに、声がくぐもっている。上手く説明できないが、空間そのものが変わってしまった気がした。さっきまでと空気が違う。

とんでもない何かが起こったのかもしれない。異常気象か天変地異か、もしくは外国のしわざ——恐ろしい兵器で攻撃されたか。

いずれにせよ、湊の手に負えることではない。とりあえず櫂と話そうと、姿をさがした。しかし、いなかった。

すぐそばにいたはずなのに、姿が見えない。

〝すみません！　福地さんっ！〟

声を張り上げたが、沈黙が返ってきただけだった。キッチンにも気配はない。乳白色の霧に溶けてしまったように、櫂がいなくなってしまった。

とりあえず外に出てみよう。

いや、それより先にスマホでニュースを見るべきか。何が起きたのか分からないが、大ニュースになっているはずだ。

そう考えてポケットに手を入れたとき、それを止めるように音が鳴った。

カランコロン。

ドアベルだ。濃い霧に浮かび上がるように、ちびねこ亭の入り口が見えた。しかも、扉が開いていた。

〝まさか……〟

そう呟いたのが合図だったみたいに、白い人影が店に入ってきた。濃い霧に包まれているのに、顔がはっきり見えた。

〝莉子？〟

湊は言った。店に入ってきたのは、死んでしまったはずの莉子だった。

なぜ、何も言ってくれなかったのだろう。ちびねこ亭に来る途中でも、莉子の死に顔を思い浮かべて問いかけた。

何を考えて死んでいったんだ？

莉子の望んでいたことを知りたい。

死者に問いかけても虚《むな》しいだけだが、たった今、奇跡が起こった。莉子が現れた。初めて公園で会ったときと同じ姿をしていた。少し困ったような、それでいて申し訳なさそうな表情をしている。その顔のまま、湊の正面に座った。

莉子は何も言わなかった。湊も、また黙っていた。

相変わらず乳白色の霧に包まれていて、世界は静かだった。時計の針の音さえ聞こえない。そんな静寂が続いていた。

最初に口を開いたのは莉子だった。

〝何も言わずにいなくなって、ごめんなさい〟

その言葉は、湊の急所を突いた。莉子は、何も言わずに姿を消した。恋人だと思っていたのに、病気だということを話してくれなかった。

ホスピスの屋上で会った車椅子の女性は、左手の薬指に指輪をしていた。結婚指輪だ。余命五年の告知を受けてから、恋人と結婚したと言っていた。一緒に病気と闘うと決めたのだ。湊たちとは、反対の道を歩んでいる。

だからと言って、あのとき莉子に頼られても、湊にできることは何もなかった。今だって何もできない。

湊が返事をしなかったからだろう。莉子も口を閉じた。

時間だけが流れていった。そのまま永遠に沈黙が続くかと思ったとき、不意に、猫の鳴き声が聞こえた。

〝みゃ〟

茶ぶち柄の子猫が、テーブルのそばの床に座っていた。さっきまでいなかったはずなのに、ずっとそこにいたような顔をしている。

湊は、公園の黒猫を思い出した。湊の一番目か二番目のファンだ。彼女がそう決めた。

最初に莉子と会ったとき、いくらか話したが、その後は歌ってばかりだった。

もともと二人の間に共通の話題はなかったし、愛を語り合うほどの時間もすごしていない。話すことなど、最初から何もなかったのだ。

湊は悟り、席を立った。そして、莉子に背を向けて歩き出した。

〝湊さん――〟

名前を呼ばれたが、湊は返事をしなかった。彼女と話すことなく、この奇跡の時間を終わりにするつもりだった。

〝湊さん〟

莉子が、湊の名前を繰り返し呼んだ。

○

湊は、莉子のことを何も知らなかった。

病気だということも、ホスピスに入っていたことも知らなかった。一緒にすごした時間が短すぎて、彼女がどんな人生を歩んできたかも聞いていない。名ばかりの恋人だった。

でも、一つだけ知っていることがある。ホスピスの屋上で、車椅子の女性が話してくれた。

「莉子さんは、御子柴さんを心の支えにしてました」

その台詞を聞いたとき、湊は落ち込んでいた。だから、慰めてくれようとしているのだと思った。

そう思ったことが顔に出たのだろう。車椅子の女性は首を横に振り、バカバカしいと言わんばかりの口調で言った。

「余命五年の人間が、健康な人を慰めたりしませんよ」

そんなことはないだろう。正論のように聞こえるが、実際には、さっきから慰められている。

「支えるようなことは何もしていません」

湊は言い返した。莉子が病気で苦しんでいることを知らなかったのだから、そもそも支えられるはずがない。

「何もできるわけがない」

確信を持って言い切ったが、車椅子の女性は頷かなかった。内緒話をするように、聞き分けのない子どもに言い聞かせるように、その言葉を発した。

「歌ですよ」

「え?」

「莉子さんは、御子柴さんの歌をずっと聴いていました」

「おれの歌を?」

「はい。莉子さんのスマホに録音してあったものです。私も何度も聴かせてもらいました」

そして、彼女は歌いだした。聴こえてきたのは、公園で何度も歌ったあの曲、『イエスタデイ・ワンス・モア』だった。

何度も聴いておぼえたのか、最初から知っていたのか、歌詞を間違えずに歌った。綺麗な声だった。

ひとしきり歌った後、湊の目を見て言った。

「莉子さんが言っていた言葉があります」

私、生まれてきてよかった。人を大好きになれたし、こんなに素敵な歌を聴けるんだもん。

自分に言い聞かせるように、何度も何度も言ったという。死ぬ直前まで何度も何度も言った。

車椅子の女性の前で、湊はまた泣いた。ホスピスの屋上で、莉子の顔を思い浮かべて大声で泣いた。胸が張り裂けて、血が噴き出しそうだった。

頭の中では、『イエスタデイ・ワンス・モア』のメロディが流れていた。終わってしまった昨日を歌った曲だ。

○

〝湊さん……〟

莉子が再び名前を呼んだが、湊は返事をしなかった。振り返りもせず、霧の中を歩き続けた。彼女から一歩また一歩と離れた。考え事をしていた。

今までたくさん泣いた。これから先の人生でも涙を流すだろうし、挫折や後悔もするだろう。

最後まで報われない人生かもしれない。笑うことより、泣くことの多い人生かもしれない。人生は厳しく、湊は何の武器も持っていないのだから。

〝みゃん〟

茶ぶち柄の子猫が鳴いた。考え事を中断して我に返った。いつの間にか古時計が目の前にあった。針の止まっている文字盤が、霧の中で浮かんで見える。ちびねこ亭の端まで歩いてきていた。

湊は立ち止まり、回れ右をした。相変わらず霧が立ち込めているが、不思議なことに莉子の姿は見える。表情まで、はっきり見えた。

今にも泣き出しそうな顔をしていた。湊が何をしようとしているのか分からないのだろう。自分自身でも不安だった。何しろ、久しぶりのステージなのだから――。

息を深く吸い込み、ゆっくりと歌い始めた。

もう二度と会えないはずの君に会えた
君の顔を見ることができた
話したいことはたくさんあるけど
口下手なぼくは歌うことしかできない
言葉を知らないぼくは歌うことしかできない
月が綺麗ですね、と

たった今、莉子のことを思って作った歌だった。

ギターがないから、頭にあるメロディーをそのまま歌った。上手く歌えているかは分からないが、湊には歌しかなかった。

仲間に見捨てられても、最愛の恋人を失っても歌うことしかできない。ゴミ箱に放り込まれた賞味期限切れのクリスマスケーキでも、こうして歌うことはできる。

霧の向こうで、莉子の顔が綻《ほころ》んだ。それでも湊は歌い続けた。

すると、彼女の唇が動いた。

声を出さなかったが、何を言ったのかは分かった。

私もあなたが好きです。

気持ちが伝わった。湊の目から涙が零れ落ちた。その涙は温かかった。

今すぐにでも莉子を抱き締めたかったが、歌い続けることを選んだ。彼女もそれを望んでいる気がしたし、湊も歌を聴いて欲しかった。

一曲目を歌い終えても、湊はしゃべらなかった。そのままの姿勢で、彼女との思い出の曲――『イエスタデイ・ワンス・モア』を歌った。莉子のことを思いながら歌った。

永遠に歌っていたかったが、その願いが叶わないことを知っていた。

死者は、この世にはいられない。

あの世に帰らなければならない。

大切な人と会えるのは、思い出ごはんが冷めるまで。

奇跡の時間は長くは続かない。あっという間に過去になってしまう。現実でも、きっとそうなのだろう。世界は、大切な人との奇跡の時間でできている。いずれ過去になる時間だ。

思い出ごはんの湯気が消えかけている。莉子の姿も薄くなった。あの世に帰るときが来たのだ。

何も話せなかった。でも後悔はない。奇跡の時間が、もう一度訪れても歌うだろう。何も話さずに歌う。

思い出ごはんの湯気が完全に消えた。

莉子の姿が見えなくなった。

椅子が動き、テーブルから離れていく足音が聞こえた。

湊はさよならを言うより、彼女のために歌うことを選んだ。歌い続けることを選んだ。

莉子も何も言わなかった。

最後まで何も言わなかった。

やがて、ちびねこ亭の扉が開き、ゆっくりと閉まった。

もう足音も聞こえない。

彼女は行ってしまった。

霧が晴れていく。

世界がもとに戻っていく。

湊は、涙を流しながら歌い続けた。

ちびねこ亭特製レシピ

おらが丼

材料（1人前）

・刺身（お好みの量で）
・玉子焼き
・薬味（小ねぎ、大葉、白ごま、刻み茗荷、刻み海苔など）
・ごはん
・醤油　大さじ3
・みりん　大さじ3
・酒　大さじ3

作り方

1　みりんと酒を鍋に入れて煮切る（アルコールを飛ばす）。
2　1の粗熱が取れたところで醤油を加える。漬けダレの完成。
3　刺身に漬けダレを回しかける。15分程度で味が染みる。
4　丼にごはんをよそい、3を載せて、玉子焼きと薬味を添えて完成。

ポイント

漬けダレの割合は1：1：1をベースにして、好みで調整してください。味噌を加えて風味を変えても美味しく食べることができます。

鯖《さば》猫と太巻き祭り寿司

太巻き祭り寿司

太巻きずしは、古くから冠婚葬祭や集まりの時のごちそうとして受け継がれ、千葉の郷土料理を最も代表するものです。

そのルーツは、「葬式の時の芋がらの煮付けを芯にしてにぎりめしをつくったもの」、あるいは「紀州の漁師が房総方面まで鰯を追いかけて来たときの弁当に持ってきためはりずしではないか」など説はいろいろありますが定かではありません。

いずれにしても、「具を芯にして巻く」という技法が原点になって、その時代の農産物や海産物などの食材を活かして冠婚葬祭や地域の集まりで作られ、家庭のなかでも伝えられてきました。

その後、日本型食生活の見直しとともにこの太巻きずしが注目され、技術の掘り起こしと多彩な巻き方の創作・伝承活動により、広く現在に受け継がれています。

千葉県ホームページより

二木琴子《にきことこ》は、二十歳になったばかりの大学生だ。数週間前から、ちびねこ亭でアルバイトをしている。

大学に籍はあるが、しばらく行っていない。正式に休学届を出してある。いつまで休むかは決めていなかった。その理由を説明するには、兄の話から始めなければならない。琴子には、やさしくて優秀な兄がいた。

今年の夏、兄が事故に巻き込まれた。琴子を庇《かば》って自動車に轢《ひ》かれたのだった。駅のそばでたまたま出会って、一緒に家に帰る途中のことだった。

忘れようと思っても、忘れることができない。今でも、ときどき夢を見る。記憶は残酷なほど鮮明だった。

夕日のまぶしい日だった。

琴子はお気に入りの作家の本を買い、兄と連れ立って家路についた。

横断歩道を渡っていると、猛スピードで自動車が突っ込んできた。自動車は信号無視をしていた。

自動車が迫ってくる。恐ろしかった。怖かった。

足が竦《すく》んで動けなくなった琴子を、兄が突き飛ばした。

自動車は止まらず、兄を撥ね飛ばした。

糸の切れた人形のように兄は転がり、アスファルトに打ちつけられた。

クラクションが鳴り響き、誰かが悲鳴を上げた。たぶん、琴子も悲鳴を上げた。

それから、救急車とパトカーのサイレンの音が聞こえた。琴子の知らない誰かが呼んでくれたのだ。

でも、駄目だった。

救急隊員も警察も、兄の命を救うことはできなかった。琴子を助けるために、兄は死んでしまった。琴子のせいで死んでしまった。

兄に命を助けられた。だけど、助かったとは思えなかった。

食事が喉を通らなくなった。夜も眠れなくなった。自分が死ねばよかった、と何度も思った。何もしていないのに涙が流れた。

死のうとしなかったのは、その気力さえなかったからだ。考えることもできない。空気を吸っているだけで精いっぱいだった。

それでも、兄の墓参りには行った。毎日のように通った。そこで兄の友人と行き逢い、ちびねこ亭を教えてもらった。

思い出ごはんを食べると、死んだ人間の声が聞こえる。目の前に現れることもあるそうだ。

嘘のような話だが、琴子は信じた。信じようとした。藁《わら》にもすがる気持ちで、ちびねこ亭に行った。

世の中には嘘が溢れているが、本当のことがまったくないわけではない。思い出ごはんは嘘ではなかった。

琴子に奇跡が起こった。

死んでしまった兄と会うことができた。

櫂やちびとも出会い、ちびねこ亭でアルバイトを始めた。思い出ごはんを出す手伝いをしている。

兄を失った傷が癒えたわけではないが、少しだけ、これから先の人生を考えられるようになった。

大学に戻ろうかと思う日がある。ぼんやりとした夢もある。このままアルバイトを続けたいと思うときもある。

でも、まだ何も決めていない。決心するには、気力も体力も必要だ。今の琴子には、その両方が欠けていた。

○

商売が繁盛して、利益のもっとも上がるときを「書き入れ時」という。ずっと「掻き入れ時」だと思っていたが、間違った知識だった。帳簿の書き入れに忙しい時という意味からきた言葉だった。

十二月は、飲食店にとって書き入れ時だ。クリスマスや忘年会と外食の機会が増えるからだろう。冬休みに入ることも関係しているような気がする。

ちびねこ亭でも、その傾向はあるようだ。櫂が言っていた。

「思い出ごはんの予約も増えるんです」

一年の最後に、大切な人のことを思い出すのかもしれない。琴子も、年末年始に兄とすごしたことを思い出した。家族みんなで初詣《はつもうで》に行き、お年玉をもらってはしゃいだ記憶があった。

悲しみにさらわれそうになった琴子を、櫂の声が現実に引き戻した。

「少し忙しくなるかもしれませんが、よろしくお願いします」

「はい」

琴子は返事をした。実際、午前中しか営業していないこともあってか、予約がぎっしりと詰まっていた。

せめてランチくらいはやってもいいと思うが、櫂は営業時間を変えなかった。思い出ごはんの予約が入っていない日は、ちびねこ亭は普通の朝ごはんの店だ。魚料理を中心とした定食を出している。

その日も、午前中に思い出ごはんの予約が入っていた。琴子は櫂と一緒に予約客が訪れるのを待っていた。思い出ごはんの予約がある日は、他の客はやって来ない。だいたいの場合、店休日を使っているからだ。

当たり前だが、思い出の食事を作るためには、おおまかな事情を聞かなければならない。客の人生に踏み込むことになる。

今日の客は、四十代後半の男性だ。この店の噂《うわさ》を聞いて、他界した母に会いたいと電話をかけてきたという。

ちびねこ亭には、母親を亡くした人間がよく訪れる。櫂自身も、母を失ったばかりだった。琴子は、彼が落ち込んでいることを知っていた。

「そろそろ準備を始めましょう」

櫂に言われてキッチンに移動した。でも、琴子が料理を作ることはない。野菜の皮剝《む》きなどの下処理を手伝うことはあるが、思い出ごはんは櫂が一人で作っている。琴子の一番の仕事は味見だ。

「今日の料理は、作るのに少し時間がかかります」

「難しい料理なんですか？」

「少し面倒ですね」

そう言いながら櫂は器用だ。作れない料理はないんじゃないかと思うときがある。母親の遺《のこ》したレシピノートを頼りに、たいていの料理を作り上げる。

このときも、琴子が見ているうちに、それを作り上げた。目の前に置かれたのは、驚くほど可憐《かれん》な一皿だった。

「初めて見ました」

琴子が言うと、櫂が笑みを浮かべた。

「このあたりの郷土料理です。ときどきですが、母が作ってくれました」

いつもにも増して、やさしい声だった。死んだ母親のことを思い出しているのかもしれない。琴子に話してはいるが、どこか遠い目をしていた。人は昔を懐《なつ》かしむとき、こんな目をする。

ちびは、キッチンに入って来なかった。食堂の安楽椅子の上で昼寝をしている。珍しく疲れているみたいだった。

時計の針が、午前九時を回った。そろそろ予約の時間だ。

時間になったが、客は来ない。五分十分とすぎていく。琴子と櫂は、食堂で待っていた。ちびねこ亭はバス停から離れている上に、分かりにくい場所にある。客が遅れるのは珍しくなかった。遅れているだけならいいが、過去には、客が迷子になったこともあったという。

迎えの必要はないと客に言われたようだが、様子を見に行ったほうがいいだろう。砂浜のあたりで迷っている気もした。考えれば考えるほど、琴子は不安になった。

見に行ってきます、と櫂に言おうとしたときのことだ。入り口の扉の向こうから、猫の鳴き声が聞こえた。

「にゃあ」

琴子は振り返った。ちびが外に出てしまったと思ったのだ。今まで何度も脱走している。

櫂に叱られても、言うことを聞かなかった。ケージに入れられるのも時間の問題だと思われていた。

だが今回にかぎっては、ちびではなかった。ちゃんと店内にいた。昼寝から目を覚まして、安楽椅子の上で香箱を作っていた。疑われたのが分かったらしく、抗議するように短く鳴いた。

「みゃ」

改めて聞くと、さっきの鳴き声とは違う。別の猫の鳴き声だ。ちびねこ亭のすぐ外に、他の猫がいるということだ。

意外だった。このあたりは民家もなく野良猫を見かけたこともない。猫はちびしかいないと思っていた。

「みゃん」

ちびが何か言いたげに鳴いたが、猫の言葉は分からない。

「なあに？」

「みゃみゃみゃ」

珍しい泣き方をしたが、やっぱり分からない。琴子が首を傾げていると、櫂が横から口を挟んだ。

「お客さまがいらっしゃったようですね」

その台詞に驚いた。猫の客が来たというのか？　いくらちびねこ亭でもあり得ないと思うが、櫂は冗談を言うタイプではない。

「迷子にはならなかったようです」

ほっとしたように櫂は言って、入り口の扉を開けた。

カランコロンとドアベルが鳴り、本当に猫が現れた。看板代わりの黒板のそばに座っていた。

「にゃん」

琴子と櫂の顔を見て、再び鳴いた。ずんぐりとした体形の鯖猫だ。人に懐いているらしく、近づいても逃げようとしない。じっと、こっちを見ている。

「いらっしゃいませ」

櫂が、頭を下げて挨拶をした。でも、その相手は猫ではなかった。頭を下げた方向から、足音が聞こえてきた。人間の足音だ。

「遅くなってすみません！」

中年男性が、白い貝殻の小道を走ってきたのであった。

「すみません。猫が逃げてしまって」

中年男性——古川慎司《ふるかわしんじ》が言った。鯖猫は、彼の飼い猫だった。ちびねこ亭に連れて来たのだ。

「ここに来る途中で転んでしまって」

猫用のバスケットを右手に持っていた。砂浜で転んだ拍子に蓋が開いて、鯖猫が逃げ出してしまったという。

「普段はおとなしい猫なんですが」

慎司はそう言うが、いきなり投げ出されて逃げない猫はいないだろう。どこかに行ってしまわずに飼い主を待っているあたり、賢い猫なのかもしれない。

その猫を見ながら、櫂が質問を口にした。

「こちらが、ミミさまでいらっしゃいますね」

「にゃ」

鯖猫が返事をした。正解だったようだ。

初対面の櫂が名前を知っているのも、慎司が飼い猫を連れて来たのにも理由があった。

「電話でもお話ししましたが、ミミも一緒に母に会わせてください」

慎司が頭を下げた。中年男性と鯖猫は、死者に会うためにちびねこ亭を訪れたのだった。

○

時間の流れは一定ではない。

昨日と今日は、絶対に同じ二十四時間ではない。

最近、慎司はそんなふうに思う。例えば、十代のころは時間がゆっくりと流れた。若さと時間を持てあまし、早く大人になりたいと思ったこともあった。

その願いは簡単に叶った。

あっという間に二十代が終わり、何もしていないうちに三十代が通りすぎた。四十歳になったと思った次の瞬間には、四十五歳になっていた。

老眼になり、白髪が増えた。髭《ひげ》を剃《そ》ると白いものが交じっている。昔なら初老と呼ばれる年齢だ。自分の決めた人生だと胸を張るほど、慎司は何かを選択した記憶がなかった。流されるように四十五歳になってしまった。

子どもが年を取ったのだから、親はもっと年老いる。そんな当たり前のことさえ忘れていた。

いや、そうではない。父が倒れるまで親のことなど考えもしなかったのだ。

慎司は、一人息子だ。本来なら介護の問題が降りかかってくるところだが、父は病院に運ばれた翌日に死んでしまった。

急なことだったからだろう。遺言はなかった。

だが、父はいくばくかの貯金と家を残した。いい時代に定年退職したおかげで、かなりの額の厚生年金をもらっていた。

父の葬式で見た母の顔は、ひどく年老いていた。髪は真っ白になり、もともと小さかった身体が、さらに縮んだように見えた。急に老けたのではない。年相応だ。母は七十五歳になろうとしていた。

父の遺した貯金と遺族年金のおかげで生活に困ることはなかろうが、一人にしておけない年齢に差しかかっていた。

そう感じたのは、慎司だけではなかった。

「この家に来てもらったらどうかしら」

父の葬式が終わった後、妻の美穂《みほ》が提案するように言った。

「勇人《ゆうと》も、一人暮らしを始めたことだし」

息子のことだ。今年の春に大学に合格し、京都で一人暮らしをしている。卒業後も京都に留まり大学院に行くつもりだと聞いていた。しばらく帰って来ないだろう。

それどころか、本人の口から聞いたわけではないが、東京には戻って来ず、このまま京都に根を下ろすつもりでいるようにも思えた。

「おまえは、それでいいのか？」

母を引き取ってもいいのかと聞いた。もう何年もしないうちに介護の必要も出てくるだろう。

「そのつもりで結婚したから」

美穂は、当たり前のように答えた。古風なところのある妻だった。彼女には兄がいて、両親の面倒を見ていることも影響しているのかもしれない。口先だけでなく、普段から慎司の母を気にかけてくれていた。

「お義父《とう》さまが倒れてから、ずいぶん疲れているみたいだったし」

確かに、葬式のときも元気がなかった。八十歳をすぎても元気に暮らしている人もいるが、母はそこには当てはまらない。

これ以上、母の老いから目を逸《そ》らすわけにはいかないだろう。潮時というやつだ。慎司は決心し、妻に伝えた。

「四十九日が終わってから話してみる」

四十九日《しじゅうくにち》

仏教用語。生き物の死の瞬間から次の世に生を受けるまでの期間は49日であるといわれ、人の死後その冥福を祈って7日ごとに追善供養し、49日目にその供養を終了する。

（ブリタニカ国際大百科事典）

四十九日の法要を終えた数日後、慎司は両親の家——つまり、自分の生まれた家を訪れた。一人ではなく、バスケットにミミを入れて連れて行った。

母は猫好きだ。ミミという名前を付けたのも母だった。ミミを連れて行けば、きっと、よろこぶはずだと思ったのだ。

美穂も一緒に行くと言ってくれたが、大袈裟にしたくなかったので断った。妻も無理にとは言わなかった。

昼すぎに着いた。青空の下で見る家は、びっくりするくらい古びていた。慎司が小学生になったばかりのころに建てたのだから、かれこれ四十年は経っている。本当に古いのだ。

「よく崩れなかったな」

大きな台風もあったし、地震もあった。強風で近所に大きな被害が出たが、この家は無傷だった。瓦の一枚も剥がれなかった。

　――昔の家は丈夫だからな。

　父なら、そう言っただろう。昔の技術を過信していた。慎司は、その意見には賛成していない。たまたま崩れなかっただけだ。

　地震も怖いが、台風も大型化している。家が壊れるのは、時間の問題だろう。いつまでも幸運は続かない。崩れる前に母を引き取ったほうがいい。

　慎司は、決意も新たに玄関のチャイムを押した。ピンポーンと音が鳴り、やがて母が返事をした。

「はい」

　慎司が名乗ってもいないのに、玄関の引き戸が開いた。昔から、こうだった。不用心だと注意しても、鍵もかけないし、誰がやって来たのかを確かめずに開ける。

「あら、慎司。どうかしたの？」

　母が意外そうな顔をした。やっぱり相手を確かめずに開けたのだ。

「どうかしたのって、行くって言ってあっただろ」

　四十九日の法要のときに約束した。母は忘れてしまったようだ。

「そうだったかしら」

　考え込むような顔をしたが、面倒くさくなったみたいだ。話を逸らすように慎司に言った。

「とりあえず上がったら」

玄関に鍵をかけていないことなど言いたいことはあったが、ここで話す必要はないだろう。

それじゃあ、と慎司は家に入った。法事の終わったばかりの家は、がらんとしていた。線香のにおいもする。親子三人で賑やかに暮らした過去が、嘘だったように静まり返っていた。

最初に仏間に行き、仏壇に線香を上げた。そのまま母に向き直って、用件を切り出した。

「おれの家に来ないか？」

「え？　これから？　何か用事？」

きょとんとした顔で聞き返してきた。どうやら分かっていないようなので、慎司ははっきり言った。

「一緒に暮らさないかって言っているんだよ」

母の部屋も用意してあったし、負担にならない程度に家事もやってもらうつもりだった。

「母さん、おれたちと一緒に暮らそう」

念を押すように繰り返したが、母は頷かなかった。

「放っておいておくれよ」

「母さん、あのな――」

言葉を続けようとしたが、母は聞く耳を持たなかった。いかにも嫌そうな顔で、慎司を突き放した。

「あんたの嫁だって、こんな年寄りと一緒に暮らしたくないわよ」

「そ、それは違う。母さん、違うよ」

慎司は慌てて否定した。

「美穂が、母さんと一緒に暮らそうと言い出したんだ。おれよりも、母さんのことを心配しているよ」

自分のことはともかく、妻を悪く言って欲しくなかった。母なら分かってくれると思ったが、その願いは空振りに終わった。

「口先だけだよ、そんなの」

吐き捨てるように母は言った。言葉には、ぎょっとするような棘《とげ》があった。

「一緒に暮らすも何も、あんたの嫁は家にいないじゃない」

家にいないと言っても、遊び歩いているわけではない。仕事だ。美穂は、結婚した後も働き続けている。今時、珍しくもない夫婦共働きだが、まさか気に入らなかったのか。

そう問い返す暇もなく、母が毒のような言葉を吐いた。

「あんたも、あの嫁も、それから勇人も、私のことを邪魔だと思ってるんだろ。早く死ねばいいと思ってるんだろ」

返事ができなかった。四十年前、慎司は母にべったりの子どもだった。やさしい母が大好きだった。

慎司がいたずらをしても、やさしく笑って済ませてくれた。大人になり、美穂を紹介したときもよろこんでくれた。結婚を祝福してくれた。

目の前にいる母は別人のようだった。

どう話せば分かってもらえるか分からない。慎司は、途方に暮れて言葉を失った。

そのとき、助け舟を出すように猫が鳴いた。

「にゃあ」

玄関のほうから聞こえた。ミミだ。母に気を取られて、猫を連れて来たことを忘れていた。バスケットに入れたまま、玄関先に置きっぱなしにしてあった。

バスケットを見ていたはずなのに、たった今、気づいたという口調で母が聞いてきた。

「猫を連れて来たの？」

「ああ」

雰囲気が変わることを期待して頷いたが、このときも駄目だった。

母の目が吊り上がり、そして、ヒステリーを起こしたような金切り声で怒鳴った。

「汚い猫なんか家に入れないでっ！」

「母さん……」

それ以上、言葉が出てこなかった。ミミを可愛がっていた母の言葉とは思えない。悪い夢を見ている気分だった。

しかし、現実だった。母は立ち上がり、慎司を追い出した。

「さっさと連れて帰って！　さっさと出ていって！　二度と顔を出さないで！」

父の死のショックでおかしくなった。咄嗟《とっさ》にそう思った。

もしくは、父が死ぬまで我慢して慎司たちと付き合っていたということか。夫が亡くなって本音がこぼれるのは、いかにもありそうなことだった。

もちろん、それも推測にすぎない。本当の気持ちは分からなかったが、食い下がる気力はない。

「分かったよ」

小声で言って、ミミを連れて家に帰った。妻は何も聞かなかった。話がまとまらなかったことを察したようだ。

慎司も、何があったのかを話す気にはなれなかった。母に言われた言葉を思い出すと、心が冷たくなる。家に帰ってから、今さら腹が立った。

こんなふうにして、母と疎遠になった。

でも、このまま絶縁するつもりはなかった。ただ時間を置こうと思っただけだ。いずれ時間が解決してくれる。何の根拠もなく、そう思っていた。

また、仕事も忙しかった。慎司が勤めているのは零細企業だ。仕事が増えてもアルバイトを雇うことをせず、社員で何とかしなければならない会社だった。息を吐《つ》く暇がないほど忙しい。

母と会わないまま三ヶ月がすぎた。電話もしなかったし、かかってもこなかった。時間は何も解決してくれず、ただ流れていった。そして、人生が有限だということを教えてくれた。

慎司と仲直りすることもなく、母は死んでしまった。自宅の玄関先で心筋梗塞《こうそく》を起こして死んでしまったのだった。

○

母は、看取る者もなく一人きりで死んだ。「孤独死」という言葉は使いたくないが、世間的にはそう言われるだろう。慎司の頭にも、その言葉が浮かんだ。鉛を呑んだように胸が重くなった。

孤独死の場合、遺体が相当期間放置されることも多いが、すぐに見つけてくれた人がいた。

「ホームの茶話会にいらっしゃらなかったので、何となく気になって寄ってみたんです」

母と同年配に見える老婦人は言った。近所にある老人ホームのデイサービスで知り合ったという。毎週のように茶話会が催されていて、母は常連だったようだ。慎司の知らなかったことだ。老人ホームの存在自体を知らなかった。

「古川さんとは、年賀状のやり取りをさせていただいていました」

自己紹介するように言ってから、この家にも何度か来たことがあると付け加えた。

口には出さなかったが、年寄りの一人暮らしを心配してくれていたのだろう。老婦人も、また、夫に先立たれて一人で暮らしていると言った。

「玄関の戸が細く開いていて、倒れている姿が見えました」

そのときの情景を思い出したようだ。老婦人は、動悸《どうき》を抑えるように胸を押さえた。そして、その格好のまま話を続けた。

「慌てて救急車を呼んだんですが、間に合わなかったみたいで……。本当にごめんなさい」

「ごめんなさいだなんて」

慎司は首を横に振った。母の心臓が止まったのは、昨日の夕方すぎだと医者は言っていた。老婦人が見つけてくれたときには、すでに手遅れだった。おそらく母は、寝る前に戸締まりしようとして倒れたのだろう。

「いろいろ、ありがとうございました」

改めて頭を下げた。このとき、二人は病院にいた。母の遺体は、まだ霊安室にある。老婦人は心配して、病院まで来てくれたのだ。

慎司の会社は自宅から歩いていける場所にあるが、妻は隣町まで通勤している。連絡したが、病院に着くのはもう少し後だろう。

すでに医者の姿はなかった。看護師もいない。母の遺体のある病院の待合室で、慎司と老婦人の二人だけで話をしていた。

「いえいえ。もう少し早く行けばよかったんですけど」

老婦人が申し訳なさそうに言った。心の底から、母の命を助けられなかったことを悔やんでくれている。老人ホームの仲間たちにも連絡をしておくと言った。

母にも友達がいた。

母は独りぼっちじゃなかった。

そう思おうとしたが、駄目だった。どんなに言葉を飾ろうと、母は、誰もいない古びた家の玄関で死んだのだ。独りぼっちで死んだのだ。

涙が込み上げてきた。

こんなことになるのなら、喧嘩なんかしなければよかった。

慎司は後悔していた。仲違いをしたまま、連絡をしなかったことを悔やんでいた。そして、それ以上に、母を独りぼっちで死なせてしまった言い訳をしたかった。

「母は変わってしまったんです」

気づいたときには、老婦人に話していた。最後に会ったとき、母に怒鳴られたことを話した。妻や猫を罵られたことまで話した。

老婦人は迷惑がらずに、慎司の相手をしてくれた。少し考えるように口を閉じてから、穏やかな声で応じた。

「年を取れば、変わるのは当たり前なんですよ」

「でも、あんな言い方をするなんて」

反論するように言ってしまった。すると、老婦人はまた少し考えるように口を閉じた。

静けさが耳についた。

病院では、死は珍しいものではない。こうしている間にも、知らない誰かが息を引き取っている。もちろん生まれてくる命もある。

ほとんどの人間は病院で産まれて、病院で死んでいく。何も話さずにいると、この世とあの世を行き来する魂の足音が聞こえてきそうだ。母の足音も混じっているのかもしれない。

静けさに耳を澄ますように黙っていると、老婦人が口を開いた。

「ちびねこ亭に行くといいわ」

はっきりと聞こえたが、何の話を始めたのか分からなかった。だから、慎司は問い返した。

「ちびねこ亭?」

「海の町にある食堂よ。そこで思い出ごはんを食べると、大切な人と会うことができるの」

「大切な人?」

「死んでしまった人のことですよ」

一瞬、時間が止まった気がした。だが、止まったのは慎司の時間だけだった。

曇りのない目で老婦人は言った。

「思い出ごはんを食べると、死んだ人と会えるんですよ」

○

ちびねこ亭にはミミだけを連れてきた。

妻には何も言わなかった。説明しても信じてもらえないだろうし、猫とふたりで行ったほうがいいように思えたのだ。

脱走したミミをバスケットに戻してから、慎司は食堂に入った。

「申し遅れましたが、ちびねこ亭の福地櫂です」

「アルバイトの二木琴子です」

顔立ちの整った若い男女が名乗った。モデルや俳優だと言われても信じてしまう容貌だが、話し方は丁寧で腰が低かった。

あいさつの後、窓際の席に案内された。

「こちらのお席でよろしいでしょうか？」

「はい」

慎司は腰を下ろした。窓からは、海と空がよく見えた。琴子がテーブルにお茶を置いた。

温かい煎茶《せんちゃ》だった。

十二月の空気は乾燥していて、喉が渇いていたので、ありがたく煎茶を飲んだ。

「ご予約いただいたお料理をお持ちいたします」

櫂と琴子が、キッチンに向かった。二人とも口数の少ないタイプみたいだ。でも、無愛想だとは思わなかった。

ちびねこ亭は静かな店だ。ミミはバスケットの中でおとなしくしているし、子猫は安楽椅子の上で丸くなっている。

窓の外から、波の音やウミネコの鳴き声が聞こえてきた。十二月にしては暖かく、太陽が顔を出している。時間がゆっくりと流れていく気がした。

見るともなく窓の外の景色を眺めていると、櫂と琴子がキッチンから出てきた。二人とも料理を持っている。大皿と椀だ。椀からは、湯気が立っていた。磯の香りがする。懐かしいにおいだった。

二人の若者が、音を立てずに料理をテーブルに並べた。そして、櫂がメニューを紹介した。

「太巻き祭り寿司と海苔のみそ汁です」

太巻き祭り寿司は、房総半島の名物料理だ。

海苔、玉子焼き、かんぴょう、しいたけ、にんじん、桜でんぶなどを巻いて、切り口に絵や文字が出るように作る。金太郎飴の太巻き寿司バージョンとでも言おうか。

郷土料理として人気があり、ネットで検索すると動画や画像が出てくるが、実物を見たのは何年も前のことだ。慎司も妻も作れないし、また作ろうとも思わない料理だ。手間がかかりすぎる。

だが、母の得意料理だった。節句や入学式、卒業式などの祝い事があるたびに、あやめや椿の花模様の太巻き祭り寿司を作ってくれた。海苔の代わりに、玉子焼きで巻いてあることが多かった。目の前にある太巻き祭り寿司も、玉子焼きで巻いてあった。

みそ汁も懐かしい。海苔の入った椀は、我が家の定番だった。海苔の生産漁家が親戚にいたこともあるだろうし、父の大好物だったこともあるだろう。毎日のように食卓に並んでいた。

昔のことを思い出していると、櫂が声をかけてきた。

「温かいうちにお召し上がりください」

「はい。いただきます」

慎司は答えた。それから、箸と椀を手に取って、海苔のみそ汁をすすった。海苔の香ばしさが口いっぱいに広がった。食欲をそそる味だ。

母が死んでから空腹を感じなかったが、久しぶりに何かを食べたい気持ちになった。いや、何かではない。

食べたいのは、太巻き祭り寿司だ。母の作った太巻き祭り寿司を腹いっぱい食べたかった。

箸を置き、あやめ模様の寿司を手でつかんだ。子どものころから、ずっと箸を使わずに食べていた。それが作法だったかのように両親も注意しなかった。

太巻き祭り寿司は崩れやすい。そっと口に運んで頬張った。懐かしい味だった。癒される味だった。

酢飯は甘く、海苔の代わりに巻いてある玉子焼きはふんわりとしている。菓子のように口当たりのいい桜でんぶが、疲れた身体と心を労《いたわ》ってくれた。しいたけやかんぴょうも甘く煮てある。

一つ目の太巻き祭り寿司を食べ終えてテーブルを見ると、いつの間にか粉茶が置いてあった。慎司はそれを飲んだ。寿司屋に置いてあるようなほろ苦い粉茶は、酢飯によく合った。口の中がさっぱりした。

〝旨いな……〟

呟いて顔を顰《しか》めた。喉の調子がおかしいのか、声がくぐもっている。ガラス窓を隔ててしゃべっているような声だ。

慎司はふと顔を上げ、大声を出しそうになった。ちびねこ亭に異変が起こっていたのだ。

〝……どこに行ったんだ？〟

まず、櫂と琴子の姿が消えていた。さっきまで見える場所にいたはずなのに、二人の気配さえない。

それだけなら、どこかに行ったと思うが、異変はそれだけではない。雲の中に入ってしまったような深い霧が、店の中に蔓延《はびこ》っている。

わけの分からない状況だが、不思議と怖くなかった。霧に包まれていると、気持ちが安らいだ。安心することができた。

慎司は、椅子に座ったまま動かずにいた。すると、足音が聞こえてきた。貝殻を踏む音だ。店の外の足音など聞こえるはずがないのに聞こえた。近づいてくる。こっちに向かってきていた。

霊感もなければ勘の鋭いほうでもないが、このときだけは予感があった。誰がやって来ようとしているのか分かったのだ。

迎えに行こうとしたが、慎司が立ち上がるより先に店の扉がカランコロンと音を立てて開いた。

窓の外が見えないくらい霧は深かったが、足音の主の顔は見えた。予感は的中した。想像は当たっていた。

〝母さん……〟

乳白色の霧の中で慎司は呟いた。死んだはずの母親が、ちびねこ亭に現れたのだった。

○

人は死ぬと、焼かれて骨になる。日本では、よほどの事情がないかぎり火葬される。母も焼かれて骨になった。

火葬場で焼いた後、その日のうちに納骨するのがこのあたりの風習だった。四十九日や一周忌の法要のときに納骨を行うことが一般的らしいが、祖父母も父も火葬後すぐに墓に入った。だから、母の身体はこの世のどこにも残っていない。

だが、目の前に現れた母は、肉体を具《そな》えているように見える。最後に会ったとき——慎司を実家から追い出したときと同じ姿をしていた。服装まで同じだった。

母がやって来て、テーブルの正面の席に座った。久しぶりに会った母は、気まずそうな顔をして黙っていた。慎司もまた、言葉を失っていた。

話したいことがあったのに言葉が消えてしまった。母が現れた代わりに、どこかに行ってしまったみたいだ。

――大切な人に会えるのは、料理が冷めるまで。

老婦人はそう言っていた。思い出ごはんの湯気が消えてしまえば、死者はいなくなる。

慎司はテーブルの上を見た。海苔のみそ汁の湯気は消えかかっている。もうすぐ奇跡の時間は終わる。

母だって分かっているだろうに、何も言わない。慎司の言葉を待っているのだろう。

最後に会ったときの記憶があった。母に罵られた言葉が残っていた。あのときの話から始めなければならないことは分かっていたが、脳と舌が凍り付いたように動かなかった。

どうしても話すことができない。

焦れば焦るほど言葉が遠くなっていく。

四十歳をすぎると、人は諦めることに慣れてしまう。このときも母と話すことを諦めかけた。それを止めたのは、猫の鳴き声だった。

〝にゃあ〟

足元から聞こえた。呼び付けられたように視線を落とすとミミがいた。バスケットから抜け出して、母のほうに向かって歩いている。櫂と琴子は消えてしまったが、猫は残っていたようだ。

ずんぐりとした身体で、ミミは躊躇うことなく歩いていく。そして、母のそばに辿り着くと、挨拶するみたいにまた鳴いた。

〝にゃ〟

くぐもってはいるが、無邪気な声だった。今でも母に懐いているのだ。

〝ミミ……〟

言葉と一緒に、母の目から涙の滴《しずく》が落ちた。ぽたぽたとテーブルに水玉を作った。その涙を拭きもせず、母は慎司とミミに頭を下げた。

〝ひどいことを言って、ごめんなさい〟

最後に会ったときのことを謝っているのだ。死んだ後も気にしていたのだろう。

一方的に罵られて傷つきもしたが、今では母が悪いわけじゃないと分かっている。慎司は、母の秘密を知っていた。今となっては、隠しておく必要のなくなった秘密だ。

慎司は言った。泣いている母を慰めるように言った。

〝謝らなくていいよ。母さんは病気だったんだから〟

○

母の葬式の日は、風が冷たく寒かった。エアコンが壊れているのか斎場も寒く、吐く息が白くなるほどだった。

葬式の諸々《もろもろ》が終わった後、慎司は一人で実家に行った。住む者がいなくなった以上、処分しなければならない。建物も取り壊したほうがいいだろう。改めて様子を見ておこうと思ったのだ。

母が倒れた直後にものぞいたが、戸締りをしただけで病院に向かった。それ以降は寄る暇がなかった。

庭先には、名前を知らない白い花が咲いていた。小花がたくさん咲き、花束のようにこんもりとした植物だ。子どものころから植えてあるのに、母に名前を聞こうと思ったことさえなかった。

生まれた家には、思い出が染みついている。チャイムを押せば、両親が返事をしそうな気がした。もちろん家には誰もいない。自分を育ててくれた父母は、死んでしまった。

慎司は鍵を開け、玄関に入った。住む者のいなくなった家は寒々としていて、他の場所より冬の密度が高い気がする。

誰もいない古い家に上がり、薄暗い廊下を歩いて、奥の部屋に行った。母が寝起きしていたところだ。畳も窓にかけたカーテンも色褪《あ》せていた。

だが、部屋は片付いていた。突然死んだはずなのに、畳の上にはゴミ一つ落ちていない。普段から綺麗にしていたのだ。

母の部屋には、目覚まし時計があった。電池が切れているのか、針は動いていない。もう母に朝を教える必要がなくなったから、止まってしまったようにも見える。

部屋の真ん中には、一人用の小さな座卓があって、何冊かの本が置いてある。母が自分で買ったものだ。

仕事を休んで母の部屋にいると、日常が遠ざかり、四十五歳の人生が嘘のように思える。年を取ったことが信じられない。

でも信じるしかなかった。座卓に置かれた本の題名が、慎司にそのことを教えてくれた。

認知症

どの本にも、そんな言葉が入っていた。一般向けの健康の本だ。

胸が苦しくなった。逃げ出したかったが、目を逸らすことはできない。知っておく必要があった。

慎司は色褪せた畳に座り、母の遺した本を読み始めた。

〇

〝認知症だったんだろ？〟

ちびねこ亭で、慎司は母に聞いた。今になってみると、思い当たることがあった。母の本で読んだ知識だが、認知症の初期症状の一つに、「易怒性《いどせい》」と呼ばれるものがある。感情抑制ができなくなり、物忘れによる不安から強いストレスを抱える。その結果、怒りやすくなるというのだ。

あのとき母は、慎司が家に来ることを忘れていた。そして、突然怒り出した。本に書かれていた症状にあてはまっている。

〝分からないわ。検査を受けていないから〟

それが母の答えだった。その気持ちは、慎司にも分かった。認知症だと断定されてしまうのが怖かったのだろう。身体の調子が悪くても、病院に行かない人間は珍しくない。

ただ実際、本当に認知症だったのかは分からない。年を取ると疲れやすくなり、些細《ささい》なことで苛立《いらだ》つものだ。四十五歳の慎司だってそうだ。昔より腹を立てやすくなった。心が狭くなった。年を取るのは、綺麗事ではない。やさしいままではいられない。

――家族と喧嘩したい年寄りなんていないんですよ。

母の友人の老婦人は言っていた。母が認知症かもしれない、と教えてくれたのも彼女だった。

聞かなくても分かるべきだった。年を取れば認知症になるという知識はあったのに、母親の身に降りかかってくるとは思っていなかった。

母の部屋で本を見つけた後、仏間に行って父の遺影に謝った。父さん、すまなかった。母さんを一人にしちゃってと頭を下げた。

ちびねこ亭を訪れたのは、母に謝るためだった。申し訳ないと思っていることがあった。

〝母さん、ごめん。何もしてあげられなくてごめん。一緒にいてあげられなくてごめん。力になれなくてごめん〟

仕事の忙しさを言い訳にして、母を一人にしてしまった。人は老いるものだという事実から目を背けていた。独りぼっちで死んだ母のことを思うと、胸が張り裂けそうになる。自分は親不孝だと思った。

堪《こら》えきれず涙が零れた。頬を伝い落ちていく。頭の中では、やさしかった母の記憶が駆け巡っていた。遠い昔に言われた言葉を思い出した。

結婚したとき、それから勇人が生まれたとき、母は泣いてよろこんでくれた。そして言った。

これからは、あなたの家族のために生きなさい。

美穂さんと勇人くんを幸せにすることだけを考えて暮らしなさい。

お父さんとお母さんのことは、忘れてしまっていいから。

〝ごめんなさい。本当にごめんなさい〟

子どものころに戻ったように謝った。遠い昔、小学生のころ、いたずらをして父親に叱られたときも、こんなふうに謝った。

昔気質の父親は厳しかった。叱られてばかりいた。夜中に騒いで、家から放り出されそうになったこともある。慎司は泣きながら謝った。許してもらった後も、暗闇で独りぼっちになる想像に怯えて、涙が止まらなかった。

あれから四十年近い歳月が流れたが、慎司はまだ泣いている。泣きながら謝っている。

そして、母も変わっていなかった。あのときと同じように、すっかり中年になった息子を慰めてくれた。

〝大丈夫だから泣かないの〟

台詞まで同じだった。母の言葉は、いつだってやさしい。

〝もう大人でしょ〟

そう言われても、涙は止まらない。母の部屋で見つけたのは、認知症の本だけではなかった。

背の低い木製の棚に、慎司たちの家族の写真が飾ってあった。勇人もいる。ミミもいる。今年の正月に撮ったものだ。そのときは、母だけでなく父も生きていた。

両親と一緒に撮った写真もあったのに、老夫婦の存在を消すように、母は慎司たち家族だけの写真を飾っていた。

そこには、サインペンで書き込みがあった。古川慎司、古川美穂、古川勇人、ミミと名前が書いてあり、その下にメモが添えられている

大切な家族

もちろん母の字だ。あまり上手くないが、丁寧な字で書いてある。忘れてしまわないように書いたのだろう。認知症に怯えながら、誰もいない家でサインペンを動かす姿が思い浮かんだ。

正月に会ったとき、母は慎司に言った。

私たちのことなんか忘れていいのよ。
生きることに忙しくて親を思い出す暇もないほうが、お母さんはうれしいわ。
親のことを忘れるのが、一番の親孝行だと思うの。
だって、他に大切なものができたってことなんだから。
お父さんやお母さんよりも大切なものができたのだから。

「年を取ると、昔を思い出すことだけが楽しみになるのよ。年寄りが昔話ばかりするのは、たぶん、そのせいね」

母の友達の老婦人は言っていた。母は、慎司たちに会いに来るでもなく、写真を見て昔のことを思っていたのだ。

父のいなくなった家で、写真に話しかける母の姿が目蓋《まぶた》の裏に見えた。声までもが、聞こえてくるようだった。

今ごろ、何しているのかしら。

美穂さんと喧嘩をしていなければいいけど。

勇人は、京都で勉強しているのね。

ミミは昼寝してるわよね。


母は微笑んでいた。ときどき確認する口調になるのは、忘れないように自分に言い聞かせているからだろう。

しかし、そんなささやかな楽しみさえも、昔の思い出さえも老いは奪い去っていった。

心の中がやさしさだけの人間は、たぶん、この世にはいない。落ち込むときもあれば、理不尽な怒りに駆られるときもある。みんな、弱さを隠して生きているのだ。老いは、隠しておく気力を盗み取る。

いや、そうじゃない。何もかもを加齢のせいにしてはならない。母が独りぼっちで死んだのは、自分のせいだ。

母を孤独死させてしまったという悔いが、慎司の胸を苦しくした。仕事が忙しいという言葉に、時間が解決してくれるという言葉に逃げていた。

〝ごめんなさい〟

慎司はまた謝った。謝ることしかできなかった。取り返しのつかないことをしてしまったのだから、謝っても仕方がないのに。

母は、聞き分けのない子どもをあやすように言った。

〝謝らなくていいのよ。あなたは、何も悪いことをしていないんだから〟

本音を言えば頷きたかった。子どものころなら頷いただろうが、四十五歳の慎司はその言葉に甘えることはできない。

〝悪いことだよ〟

悪いことに決まっている。どんな事情があろうと、自分を生んでくれた母親を孤独死させてしまったのだから。

しかし、母は首を横に振った。慎司の言葉に異を唱えた。

〝一人で死ぬのだって親の役目よ。それに、最後まであなたたちのことを忘れずに済んだんだから孤独じゃなかった。あなたや美穂さん、勇人のおかげで幸せな人生だったわ〟

反論できなかった。母の言葉が身に染みたのは、自分も親だからだろう。京都にいる息子のことを思った。学問で身を立てたいという彼の希望が叶うなら、二度と会えなくても慎司は幸せだ。

人は、忘れ去られるために生きているのかもしれない。世の中のほとんどの人間は、いずれこの世に存在したことさえ忘れ去られてしまう。

〝あなたの生活を大切にしなさい。今の幸せを大切にしなさい〟

人生は儚《はかな》いものだからこそ、一瞬一瞬を慈《いつく》しまなければならない。そのことを、母が教えてくれた。

慎司は泣き続けた。でも、それは悲しい涙だけではなかった。すると、母が少し呆れたように言った。

〝そんなに泣いていると、ミミに笑われるわよ〟

するとタイミングよく鯖猫が鳴いた。

〝にゃ〟

名前を呼ばれたから鳴いただけで、人の言葉が分かるわけではなかろうが、妙に真面目な顔をしていた。

それがおかしくて慎司は吹き出した。思わず笑ってしまった。涙を流しながらだが、笑うことができた。

〝もう大丈夫みたいね〟

そう呟いたのは母だ。ほっとした顔をしている。子どもが泣いていると、親は休むことができない。子どもが何歳になっても、どんなに距離が離れていても、我が子が笑っていることを望んでいる。

母が立ち上がり、慎司に言った。

〝そろそろ行くわね〟

驚かなかったのは、テーブルの料理が冷めかけていることに気づいていたからだ。

〝ごちそうさま。美味しかったわ〟

母が言った。料理は減っていないが、仏は線香の煙を食べるという言い伝えもある。思い出ごはんの湯気を食べたのだろう。

引き留めたかったが、死者はこの世にはいられない。無理に引き留めたら、母が成仏できなくなってしまう。病気のないあの世でゆっくりして欲しかった。だから、慎司は母に言った。

〝母さん、ありがとう〟

口にした言葉は一つだが、たくさんの気持ちをこめた。

産んでくれて、ありがとう。

育ててくれて、ありがとう。

会ってくれて、ありがとう。

どれも、母が生きている間には言えなかった言葉だ。もっと早く言えばよかった。人生は後悔ばかりだ。気づいたときには手遅れになっていることが多すぎる。

感謝の言葉にしても母には伝えることができたが、父には言えなかった。慎司は母に頼んだ。

〝父さんにも、ありがとうって伝えておいて〟

だが、母は頷かなかった。あの世で父に会えないということだろうか？

質問する暇はなかった。母の姿が白い影になり、霧に溶けるように消えた。でも完全にいなくなったわけではなく、声は聞こえた。

〝あなたの母親になれて幸せだったわ。あっちの世界に行っても、あなたたち家族のことは忘れないから〟

潮風を感じたのは、その言葉を聞き終えたときだった。視線を向けると、扉が開いていた。ずっと開いていたのか、誰かが開けたのかは分からない。

ただ、海も空も見えなかった。ハレーションを起こしたように、外の世界は白くぼやけている。

人影はなかったが、温かな気配があった。そして、母の声が聞こえた。

〝お父さんが迎えに来たの〟

いつの間にか、母は扉の向こうに移動していた。母だけでなく、もう一人——父の気配を感じた。

思い出ごはんの効果は、母にしか届かないようだ。父は一言もしゃべらなかった。それでも、こっちを見ているのが分かった。

慎司は立ち上がり、姿の見えない両親に頭を下げた。幸せな人生をありがとうございましたと言った。深々と頭を下げた。

でも、やっぱり返事はなかった。

父母が何も言わなかったのではなくて、慎司の耳に届かなかっただけかもしれない。思い出ごはんが冷めてしまったのだから、奇跡の時間は終わりだ。

両親の気配が遠ざかった。慎司は頭を下げ続けた。残っていた涙の滴が、ぽとりと落ちた。

〝にゃん〟

別れを告げるようにミミが鳴いた。

○

カランコロン、とドアベルが鳴った気がした。

琴子は、入り口に目をやった。しかし、扉は閉まっている。窓の外を見てもウミネコが砂浜を歩いているだけで、人の気配はなかった。

ドアベルの音はくぐもっていた。空耳が聞こえたわけではなかろう。これまで何度か思い出ごはんに立ち会っている。過去にも、くぐもったドアベルの音を聞いていた。

死者が帰っていったんだ。

冷めてしまった思い出ごはんを見ながら、琴子はそう思った。

もちろん、それは想像にすぎない。死者に会えるのは、思い出ごはんを食べた人だけだ。そばにいても、死者を見ることはできないし、何が起こっているのかも分からなかった。でも、温かい空気を感じることがあった。見えない誰かがちびねこ亭を訪れたと思うことがあった。

ドアベルの音を聞いたのは、琴子だけではなかった。櫂が窓際のテーブルに歩み寄り、慎司に声をかけた。

「食後のお茶をお持ちしました」

いつものように緑茶を淹れていた。ちびねこ亭では、佐倉茶《さくら》――千葉県佐倉市で収穫された深みのある香りの茶葉を使っている。

櫂にかけられた声よりも緑茶の香りに反応するように、慎司が顔を上げた。穏やかな表情をしているが、目には涙が光っていた。

こちらから、死者と会えたのかと聞くことはしない。何があったのかを話す者もいれば、何も言わずに帰る者もいる。慎司は後者だった。

「ごちそうさま。美味しかったです」

代金を支払って立ち上がった。美味しいと言ったのは、お世辞ではないだろう。櫂の作る料理には、やさしい温《ぬく》もりがあった。彼は、母親の遺したノートを頼りに作っている。

「本当に美味しかった」

慎司が、何かを噛み締める口調で繰り返した。ありがとうと呟いたように聞こえたが、琴子の気のせいかもしれない。ちびねこ亭では、言葉以上の何かが聞こえることがあった。

「最高の思い出ごはんでした」

慎司の賛辞に返事をしたのは、櫂でも琴子でもなく子猫だった。

「みゃん」

眠っていたはずのちびが、しっぽをぴんと立てて誇らしげな顔をしている。まるで自分が褒められたみたいだった。

ちびねこ亭特製レシピ

海苔のみそ汁

材料

・鰹節（顆粒のだしでも可）　適量
・水　適量
・味噌　適量
・醤油　小さじ1（好み）
・海苔

作り方

1　鍋に鰹節と水を入れて加熱する。
2　沸騰寸前で火を止めて、味噌を溶かしながら加える。
3　味をみながら醤油を垂らし、最後に海苔をちぎって入れて完成。

ポイント

沸騰させると味噌の風味が飛ぶことがあるので、火を消してから加えてください。醤油を垂らすことで、味が引き締まります。

キジトラ猫と菜の花づくし

マザー牧場の菜の花

鹿野山にある「マザー牧場」は、スケールの大きな菜の花畑を散歩できることで有名です。場内の「花の大斜面・西」では斜面一杯、黄色い絨毯《じゅうたん》を敷き詰めたように菜の花が咲きます。梅の花も咲いており、菜の花との共演が楽しめます。また、羊、カピバラ、アルパカ、牛など様々な動物とふれあうことができ、お子様からお年寄りまで春の訪れを楽しめます。

場内の遊歩道はほとんどが舗装されていますので車イスで回ることもできます。

千葉県ホームページより

思い出ごはんの客が帰ると、ちびねこ亭は店を閉める。

もともと午前中だけしか営業していない店だし、思い出ごはんの日は貸し切りになるので、他に客が来ることを気にする必要もなかった。

この日もそうだった。午前十一時になる前に片付けが終わり、琴子のアルバイトの時間も終わった。

帰り支度をして、お疲れさまでしたと言いかけたとき、少し遠慮がちに櫂に誘われた。

「菜の花を見に行きませんか」

意外な言葉だった。駅まで送ってもらうことはあったが、どこかに行こうと言われたのは初めてだ。

琴子は劇団に所属しているが、今日は稽古は休みだ。その他の予定もなく、時間はいくらでもあった。仮に時間がなくても、都合をつけようとしたかもしれない。

「はい」

小さく頷いた。櫂と一緒にいたいという気持ちがあったが、まさか、そうは言えない。

琴子は臆病で恥ずかしがり屋だった。自分の気持ちを隠すことに慣れている。このときも自分の気持ちを隠すように続けた。

「千葉の県花ですよね」

菜の花を植えている観光名所も多く、例えば、マザー牧場には三百五十万本の菜の花が植えられている。そこまで行かなくても、ちびねこ亭のそばにある小糸川沿岸歩行者専用道でも見ることができた。

ただ、菜の花はまだ咲いていない。早いところでは一月から咲き始めるが、一般的には二月から四月中旬の間が見ごろだと言われている。それとも早咲きの菜の花を見に行くのだろうか？

疑問を口にすると、櫂が答えた。

「いえ、まだ咲いていません。蕾《つぼみ》の状態の菜の花を見に行こうと思っています」

その発言を聞いて、頭に浮かんだ言葉があった。

——そろそろ食べごろですね。

そう言いかけて、慌てて言葉を呑み込んだ。もうすぐ食べごろなのは確かだろうが、これでは食べることばかり考えていると思われてしまう。食い意地が張っていると思われてしまう。

「どうかしましたか？」

「いいえ」

頬を赤くして首を横に振る琴子を、ちびが不思議そうに見ていた。

出かけるとき、櫂はちびを連れて行かない。それには理由があった。

「バスケットに入るのを嫌がるんです」

脱走癖があることからも予想できたが、閉じ込められるのが苦手なようだ。このときも、櫂がバスケットを取り出したが、ちびは入りたがらなかった。

「みゃん」

頑《かたく》なに安楽椅子から降りようとしなかった。仇敵《きゅうてき》に会ったように、猫用バスケットを睨み付けている。ハーネスを付けるのも嫌いみたいだ。

動物病院に行く必要があるような事情があれば別だろうが、今日は菜の花を見に行くだけだ。無理に連れていく必要はない。櫂はすぐに諦めた。

「では、留守番をお願いできますか？」

「みゃ」

返事が早かった。猫用バスケットからぷいと顔を逸らし、安楽椅子の上で丸くなった。

櫂が戻ってくるまで寝ているつもりのようだ。

「では、参りましょう」

櫂がエスコートするように入り口の扉を開けてくれた。

ちびねこ亭は広い店ではない。身体が触れそうになって、琴子は再び頬を赤くした。今度は、ちびはこっちを見ていなかった。

○

ちびねこ亭の扉の向こう側には、いつもと同じ海と空の風景が広がっていた。

ミャオミャオとウミネコが鳴いているだけで、見渡すかぎり誰もいない。琴子と櫂しかいなかった。

「寒くありませんか？」

「大丈夫です」

そんな会話を交わしながら、二人はウミネコが鳴いている砂浜を歩き、小糸川沿いの通りに出た。

アスファルトは古くなり、道路に描かれた線や文字は剥がれかかっている。子どものころと町並みは変わっていないと、以前、櫂が言っていた。

民家はあるがどれも古びていて、空家のように静まり返っていた。やっぱり、誰にも会わなかった。

二人でどのくらい歩いただろうか。不意に家がなくなり、菜の花畑が見えた。広くて立派な畑だった。見渡すかぎり一面に緑が広がっていた。

観賞用に市や県が管理している場所かと思ったが、そうではなかった。個人のものだった。櫂が教えてくれた。

「母のころからのお客さまの畑です」

ちびねこ亭には、琴子の知らない常連客もいる。アルバイトを始めてから一ヶ月くらいしか経っていない上に、思い出ごはんの予約のある日を選んで働いているのだから、知らないことがあるのは当然だ。

琴子の兄も、ちびねこ亭の常連客だった。ツーリングの傍《かたわ》らバイクで来ていたので、この景色を見ているかもしれない。

見たこともないのに、本当にあったことかも分からないのに、バイクを止めて菜の花畑を眺める兄の姿が浮かんだ。

悲しみの波にさらわれそうになったとき、櫂の声が耳に届いた。

「本当は、花が咲いてから来たかったのですが」

視線を向けると、櫂は寂しげな顔で菜の花畑を見ていた。その表情のまま呟くように続けた。

「もうすぐなくなってしまうんです」

「なくなる？」

「ええ」

頷いてから、櫂は事情を話し始めた。

「この菜の花畑は区画整理の対象になっていて、年明けから道路拡張工事が始まるそうなんです」

このあたりは道路が狭く、消防車や救急車が入れなかった。自治会からの要請もあって、市が腰を上げたという。菜の花畑の近辺だけでなく、君津市から富津市にかけて大規模な工事をするようだ。

「仕方のないことです」

そう呟く櫂の声は、やっぱり寂しげだった。当たり前だ。櫂は、この町で生まれ育ったのだ。いくつもの思い出があるのだろう。母親と一緒に菜の花畑を見に来たことがあるのかもしれない。

工事をすれば町は綺麗になるし、消防車や救急車が早く駆けつけられることで救われる命もある。区画整理は必要なことだ。でも、その一方で失われてしまうものがある。

何かを得ようとすれば、別の何かを失う。

生きることは、失うこと。

そして人生には、たくさんの別れがある。

まだ二十年しか生きていないが、琴子はそのことを知っていた。すでに、いくつもの別れと喪失を経験している。これから先も、たくさんのものを失い、悲しい別れを重ねるだろう。いずれ耀とも別れるときが来る。

琴子は、来年にはなくなってしまう菜の花畑を眺めた。

咲く前に刈り取られてしまうのに菜の花は抗議することもなく、冬の日射しを浴びながら風に揺られている。

「私が生まれるずっと前から、ここは菜の花畑だったそうです」

耀が言ったとき、足音が近づいてきた。ふと振り返ると、丸眼鏡をかけた禿頭《とくとう》の老人が歩いてきていた。

「佐久間《さくま》さん……」

琴子は、名前を言った。知っている人だった。佐久間繁《しげる》。青堀駅のそばにある眼鏡屋の主人だ。櫂のかけている眼鏡を買った店でもあった。櫂にプレゼントする眼鏡を買うために、琴子は佐久間眼鏡店を訪れていた。

ちなみに、櫂の母親の眼鏡も、この老人の店で作ったという。富津市の老舗《しにせ》で、親の代から半世紀以上も続く眼鏡屋だった。最近は顔を出していないが、かつて、ちびねこ亭に通っていたこともあると言っていた。

櫂の眼鏡を買いに行ったときに会っただけだが、そのときの繁は職人肌の眼鏡職人という風情《ふぜい》で、受け答えにも無駄がなく、琴子よりもしっかりしているくらいだった。

だが、目の前に現れた繁は、どこかぼんやりとしていた。仕事中ではないせいもあるのだろうが、やけに老《ふ》けて見えた。どことなく、目の焦点が合っていない。

櫂も、もちろん繁を知っていた。丁寧な口調で声をかけた。

「こんにちは。お散歩ですか」

「ああ……。ちびねこ亭の……」

返事をしたが、声もぼんやりとしていて、琴子と櫂に初めて気づいたようにも見えた。身体の調子が悪いのだろうか。

琴子と同じことを感じたらしく、櫂が心配そうに聞いた。

「大丈夫ですか？」

「何でもない。ちょっと考え事をしていただけだ」

首を横に振って、今度はしっかりとした声で答えた。体調が悪いわけではないらしい。

琴子がほっとしていると、繋が意外なことを言いだした。

「今度、食堂に行ってもいいかね」

急に思いついたような口調だった。櫂が、確認するように聞き返した。

「お食事ですか？」

「うん」

繋は頷いたが、視線は菜の花畑に向けられていた。この老人も、菜の花畑を見に来たようだ。

しばらくそうした後、その目を櫂に戻して静かな声で言った。

「思い出ごはんを頼みたい」

○

佐久間繋は、八十歳になった。

傘寿《さんじゅ》だが、祝ってくれる人間は誰もいなかった。家族のいない、年寄りの一人暮らしだ。

繁の年齢を知っているのは、医者と役所の人間くらいのものだろう。

でも、寂しいとも思わない。還暦も古希《こき》も喜寿《きじゅ》も、一人きりですごした。一人ですごすのが当たり前になっていた。ずっと独りぼっちで暮らしている。

繁が生まれたとき、日本は戦争をしていた。いつ爆弾が落ちてくるか分からない中で、赤ん坊時代をすごした。

そう言うと、戦時中の話を聞きたがる者がいるが、幼いころの記憶は残っていない。東京大空襲にしろ、玉音放送《ぎょくおん》にしろ、あとから昔話として聞いたことのほうが多かった。

そして、その昔話のほとんどは親から聞いたことだが、繁の父は戦争に行っていない。長男だったからだ。

ただ、その代わり、弟がサイパンで戦死している。嘘か本当かは分からないが、当時、総領息子は徴兵を免れることがあったという。

「弟は、おれの代わりに死んだんだよ」

父の言葉だ。酒を飲むと涙を流して、すまなかった、と仏壇に頭を下げる。年老いて髪が白くなってからも謝っていた。何十年も謝り続けていた。そんな父の姿を、今でも思い出すことがある。

戦争が終わり焼け野原になったが、日本は滅《ほろ》びなかった。奇跡的とも言われている復興期が訪れた。昭和二十五年に朝鮮特需が起こり、その四年後から高度成長期が始まった。

佐久間家にも変化があった。代々、半農半漁《はんのうはんぎょ》で暮らしを立てていたが、田畑や船を売り払ってしまった。金を受け取ってから、ようやく父は言った。

「眼鏡屋を始める」

相談ではなく決定だった。昔の父親は家族に相談などしなかったし、母も自分も理由は聞かなかった。父の弟が近眼で、分厚い眼鏡をかけていたことと関係しているのかもしれない。

隣町の眼鏡屋で何年か修業をした後、青堀駅から歩いて五分くらいのところに店を開いた。他に目ぼしい眼鏡屋がなかったこともあり、店は繁盛した。父の腕がよかったこともあるだろう。

記憶に残っている父のイメージは、商売人というよりも職人だった。儲かっても店を広げることをせず、眼鏡を調節する器具やレンズ、フレームを仕入れることに金を使っていた。

繁も学校を出ると、当たり前のように眼鏡職人になった。店を継ぐことに疑問は持たなかった。雑用をしながら仕事をおぼえた。三年もすると父がいなくても眼鏡を扱えるようになった。

そのころが、店が最も繁盛していた時期だった。父と二人でたくさんの眼鏡を作った。町中の人たちが、佐久間眼鏡店に来てくれた。

人は雇わず両親と繁の三人で店を切り盛りした。眼鏡を作った記憶しかない。眼鏡職人としては、充実した毎日だった。

時間は、矢のように速く飛び去った。

ある日、ふと気がつくと、父は六十歳になっていた。当時の六十歳は、今とは比べものにならないくらい年寄りだった。男性の平均寿命が七十歳に届いていない時代の話だ。

年も押し迫った十二月の夜のことだ。眼鏡屋を始めたときと同じ口調で、父が繁に言った。

「隠居することにした。あとは、おまえ一人でやってくれ」

還暦になったからというだけが理由ではなかった。数ヶ月前、母が脳卒中を起こして寝たきりになっていた。

「今まで苦労をかけたからな。残りの人生は、母さんとゆっくりさせてもらう。いいだろ？」

「もちろん」

繁は答えた。母も、父と一緒にすごすことを望んでいるようだった。脳卒中のせいでしやべることができなくなっていたが、父がそばにいると、ほっとした顔になるのだ。

だが、ゆっくりする時間はなかった。父が店に出なくなった翌月のある夜、母は眠るように息を引き取った。あっという間の出来事だった。

「昔から、あいつはせっかちだった。こんなときまで急がなくてもいいのにな」

葬式のときに、父が言った。誰に言ったわけでもなく呟いた。父の目に涙はなかったが、柩《ひつぎ》の前にずっと座っていた。声をかけても動こうとしなかった。いつもしゃっきりとしていた背中が、このときは丸まっていた。

その三ヶ月後に、父は心筋梗塞を起こして他界した。救急車を呼んだときには、もう死んでいた。せっかちな母を追いかけるような死に方だった。

また、繁には妹がいたが、他県に嫁《とつ》ぎ、すでに鬼籍に入っていた。両親より先に死んでいる。出産のときに命を落としたのだった。

こうして、繁は独りぼっちになった。一度も結婚したことがないまま、眼鏡を売り続けている。一人で店を掃除し、雨の日も雪の日も店を開けた。佐久間眼鏡店の歴史は、繁の人生そのものだった。

だが、それも終わりだ。今年いっぱいで閉店することに決めていた。繁は、父に言われた言葉を思い出す。

「店を頼むぞ」

他界する数日前に言われた。父にとっては大切な店だったのだ。

遺言とも言える言葉だが、繁に店を続けるつもりはなかった。父に申し訳ないとも思わない。むしろ、しがみつきすぎたとさえ思っている。

佐久間眼鏡店の売上げは、年を追うごとに落ちていた。量販店が増えたこともあるだろうし、寄る年波のせいで繁自身の腕が衰えたこともあるだろう。細かい作業ができなくなっては、眼鏡屋は務まらない。最近では、客が一人も来ない日も珍しくなかった。店を開けたら開けただけ赤字がかさむ始末だ。年金と貯金がなかったら、きっと顎《あご》が干上がっていた。

そんなとき、市役所から通知がきた。眼鏡屋の建っている敷地が区画整理の対象になったと書いてあった。補償金が出るので余所《よそ》に移ることもできたが、今さら新しい場所で商売をする気力はなかった。また、上手くいくとも思えない。時代は、追いつけないほど変わっている。

だから、店を閉めて老人ホームに行くことにした。身体が動くうちに、自分の始末をつけるつもりだった。孤独死して他人に迷惑をかけたくない。

補償金を当てにして老人ホームも選んだ。この町から離れることになるが、終《つい》の住処《すみか》としては申し分ないところだ。

君津市、富津市の海岸地域の鎮守《ちんじゅ》の氏神《うじがみ》である「人見《ひとみ》の妙見《みょうけん》さま」――人見神社にも別れを告げに行った。

東京湾を望む獅子《しし》山の頂《いただき》に鎮《しず》まる人見神社の高台からは、生まれ育った町が一望できた。小糸川も海も見えた。

終の住処を決め、氏神さまに挨拶もできた。上出来な人生だった。思い残すことはない。そう言いたいところだが、その言葉を口にはできなかった。繫には、心残りがあった。

早く幸せになれ。

両親が口癖のように言っていた言葉だ。もう一つの遺言でもある。父母は、自分たちの息子が幸せでないことを知っていた。

○

話は、今から六十五年以上も昔に遡《さかのぼ》る。子どもと言っていい年齢だったが、繫には許婚《いいなずけ》がいた。

そう説明すると、少し大袈裟かもしれない。親同士が勝手に決めた結婚相手だ。今よりも見合いが一般的だった時代のことで、親や親戚が結婚相手を決めるのは珍しくなかった。だが、それは、名家にありそうな堅苦しいものではなく、いつの間にか立ち消えになることもある程度のものだった。例えば、妹にも許婚がいたが、別の相手と結婚している。

花村佳子《はなむらよしこ》。

繁の許婚の名前だ。二つ年下で、歩いて行ける場所に家があった。父親同士が幼馴染みで、各々《おのおの》に息子と娘ができたので結婚させようという話になったようだ。

親が勝手に決めた結婚相手だったが、繁は佳子のことが好きだった。物心ついたときから、彼女を愛していた。子どもらしくないと言われようが、佳子への気持ちは他に表現のしようがない。

片恋ではなかったと思う。繁との結婚を断ることもできたのに、佳子はそうしなかった。それどころか、毎日のように繁の家に顔を出し、ときには眼鏡屋を手伝ってくれた。

早く結婚したかったが、すぐにというわけにはいかない。父にも言われていた。

「祝言《しゅうげん》を挙げるのは、おまえが一人前になってからだ」

繁自身、そのつもりでいた。佳子を養わなければならないのだから、半人前のうちに結婚できないのは当然だ。

　納得していたが待ち切れなかった。十九歳のときに指輪を買った。一人前と言っていいかは分からないが、とりあえず眼鏡屋としてやっていける自信はついていた。二十歳になったら、正式に結婚を申し込むつもりだった。

　指輪を買った数日後の夕方のことだ。佳子が、閉店したばかりの眼鏡屋にやって来た。

いつも顔を見せるのは昼間だ。閉店後に来るのは珍しい。しかも、自分から来たくせに繁と目を合わせようとしない。明らかに、様子がおかしかった。今にも泣き出しそうな顔をしている。

　家の庭には、繁が生まれる前から生えている欅《けやき》がある。関東大震災のときには、すでに根を張っていたという大木だ。親に断り、その欅の下に行って話を聞いた。

　挨拶もそこそこに、佳子が切り出した。

「結婚を取りやめにしてください」

　彼女の目からは、涙が溢れ始めていた。予想もしなかった言葉を聞いて呆気に取られていると、佳子が深々と頭を下げた。

「本当にごめんなさい」

　謝られて思い浮かんだのは、彼女の心変わりだ。佳子の容姿は美しく、思いを寄せている男は多かった。どこぞの町会議員だかのせがれが、佳子に惚《ほ》れているという噂もあった。

一方、繁は冴えない男だ。やさしげな顔をしていると言われるが、しがない眼鏡屋のせがれにすぎない。学もなければ、自慢するほどの財産もなかった。佳子と釣り合っていないという自覚もあった。

他に好きな男ができたのか。

あるいは、繁に愛想を尽かしたのか。

そんなふうに問うこともできず、胸の痛みを抱えて立ち尽くしていると、佳子が涙声で続けた。

「女は長生きできない家系なんです」

「なんだ、その話か」

繁は、ほっとした。その話は聞いていた。代々、女だけが早死にしているというのだ。

ただの迷信だと、繁の父は笑い飛ばしていた。早く死んだ女がいるのは事実のようだが、例えば、佳子の母親は生きている。たまたま、早死にが何度か重なっただけだろう。

「そんな家系があるわけがない」

繁が言うと、佳子は小さく頷いた。

「私も、そう思っていたんです」

昭和二桁生まれで、戦後の教育を受けてきた女性だけあって、明治や大正時代に流布《るふ》された ような古い迷信に惑わされる性格ではなかった。

だが、事情が変わった。迷信だと思えなくなることが起こった。佳子と同い年の親戚の女性が、一昨日の夜に亡くなったというのだ。ずっと元気で病気一つしたことがなかったのに、いきなり倒れて死んでしまったというのだ。

佳子は本気で怯えていた。心の底から怖がっている。ろくに眠っていないのだろう。真っ青な顔をして涙を流している。考えるより先に、繁の口が動いた。

「おれが守ってやるから大丈夫だ。怖がらなくても大丈夫だ。おれが守ってやる。一生、佳子を守ってやる」

結婚の申し込みをしたのだった。頬が熱くなったが、取り消さなかった。惚れた女を守るのは——佳子を守るのは、自分の務めだと信じていた。

プロポーズされたことに気づいたのだろう。佳子はとたんに泣きやみ、顔を赤くした。うつむいてしまったので、そのまま黙り込むかと思ったが、佳子はすぐに顔を上げた。そして、はっきりとした声で返事をした。

「はい」

結婚の申し込みを受けてくれたのだ。頬だけでなく、胸の奥が温かくなった。さっきまでの苦しさが嘘のようだ。

「これから菜の花を見に行かないか」

繁は、佳子を誘った。花を見たかったわけではない。一分一秒でも長く一緒にいたかったのだ。言葉にはしなかったが、その気持ちも伝わったようだ。

「は……はい……」

佳子の顔がさらに赤くなった。繁の顔も真っ赤になっていただろう。頬のほてりは収まらない。

子ども時分を除けば、二人きりで出かけるのは初めてだった。もちろん、手を握ったこともなかった。

六十年前は、今よりも夜が早かった。人工的な光は少なく、夕日が沈むと道も暗くなる。乗用車の保有台数は、現在の三十分の一程度だ。

でも、真っ暗にはならなかった。自然の光があった。冬は大気が澄むから、凍空《いてぞら》の星の光は鋭い。真ん丸な月も出ていた。懐中電灯を持っていなくても、道を歩くことに苦労はなかったと思う。

青堀駅の周辺は、昭和三十年まで「君津郡青堀町」と呼ばれていて、漁業や農業で生計を立てている者が多かった。だからだろう。日が暮れると人通りが減った。両方とも朝の早い職業だ。

若い二人は、誰もいない道を歩いた。ほとんど何もしゃべらなかったが、「月が綺麗ですね」と佳子が呟いたことはおぼえている。

寝静まりかけた町は静かだ。収穫の終わった落花生《らっかせい》畑がそこかしこに見える。秋は終わり、虫の音《ね》も聞こえない夜だった。

佳子を連れて行ったのは、眼鏡屋から歩いて十分のところにある菜の花畑だ。持ち主は知り合いで、自由に菜の花を摘んでいいと言われていた。

このあたりでは、特別な事情がないかぎり、夜に農作業をする者はいない。菜の花畑の周囲に、人間はいなかった。

だが生き物はいた。猫だ。キジトラ柄の子猫が、菜の花畑脇の道端にちょこんと座っていた。

農家で飼われている猫なのかもしれない。見たことのない猫だったが、綺麗な毛並みをしていたし人に懐いていた。繁と佳子が近づいても逃げもせず、警戒心の感じられない声で鳴いた。

「みゃー」

「こんばんは」

佳子が挨拶を返した。顔が綻んでいる。彼女は猫好きだった。一昨年に死んでしまったが、家で猫を飼っていた。思い起こせば、目の前にいる猫と同じ柄のキジトラだった。

「どこの猫さんですか？」

菜の花そっちのけで、子猫をかまっている。繁はその様子を見て、所帯を持ったら猫を飼おうかと思った。笑顔の絶えない家になりそうだ。

そんな想像をしながら、子猫と遊ぶ佳子を見ていた。ずっとこうしていたかったが、あまり夜遅くなると佳子が叱られてしまう。適当な頃合いを見計らって、繁は声をかけた。

「そろそろ帰ろう」

「はい」

佳子は素直に頷き、キジトラ柄の子猫に「じゃあね」と声をかけた。すると、人の言葉が分かるのか返事をした。

「みゃー」

繁も笑ってしまった。子猫に手を振り、二人は家路に着いた。繁は、彼女を家まで送った。

そうして佳子と別れた後も、夜空に月が浮かんでいた。その月は、やっぱり綺麗だった。

翌日の夕方、佳子が再び眼鏡屋にやって来た。昨日と違って結婚をやめたいと言いに来たのではなかった。

「お料理を作ろうと思って」

袋いっぱいの菜の花を持っていた。

「たくさんもらったんです」

時期が少し早い気もしたが、畑によっては収穫が始まっているようだ。一口に菜の花と言っても、いろいろな種類があった。

「佳子ちゃんが料理してくれるなんてうれしいねえ」

繁の両親はよろこんだ。一つ年下の妹が嫁いだばかりのころで、寂しかったのかもしれない。

「たいしたものは作れませんが」

そんなふうに言ったが、佳子の料理は旨かった。味だけでなく見映《みば》えもよかった。わずかな時間で何種類もの菜の花料理を作ってくれた。

母は感心し、それから佳子を口説き始めた。

「早くお嫁に来なせえ」

「はい……」

消え入りそうな声だったが、佳子ははっきりと言った。繁は赤くなり、父がからかうように笑った。そこにいる全員が、繁と佳子が夫婦になると信じていた。結婚すると思っていた。

だが、佳子が嫁に来ることはなかった。夫婦にはなれなかった。指輪も渡していない。結婚そのものがなくなってしまった。菜の花料理を作ってくれた翌月、佳子が死んだ。繁を置いて、あの世に行ってしまった。

○

八十歳の繁は、毎日のように墓参りに行っている。

眼鏡屋を閉めると決めてから、営業はしていない。何人かの常連客はいるが、すでに店を辞めると伝えてあった。だから、もう仕事のことを考える必要はない。佳子のことだけを考えて暮らしていた。

実のところ、佳子を偲ぶ縁《よすが》は何も残っていない。昔のことで、一緒に写真を撮ったこともなかった。それでも、はっきりと彼女の顔や当時の気持ちをおぼえている。

女だけ早死にする家系などあるはずがない。

古くさい迷信だ、と十九歳の自分は決めつけた。世間のことを何も知らなかったくせに、分かったようなつもりになっていた。佳子の心配を笑い飛ばした。

繁は間違っていた。佳子は、本当に死んでしまった。迷信ではなかった。佳子の心配は正しかった。

彼女の死因は脳腫瘍だった。あとで知ったことだが、彼女の血筋の早死にした女のほとんどが、悪性新生物で命を落としていた。医学的なことは分からないが、女だけが癌になりやすい血筋はあるように思える。

当時は、そんなことを考えもしなかった。昔は、人の命が今よりも軽かった。病気になっても医者を頼らない者もいたし、病院に行っても現在ほどの検査はしなかった。だけど、繁は佳子の不安を聞いていた。守ってやると約束したのに、死なせてしまった。結婚しなかったのはたまたまだが、佳子の影響がなかったとは言えない。繁のそばには、常に後悔があった。何もできなかった自分への無力感があった。

佳子の墓は、眼鏡屋から歩いて二十分くらいの場所にある。若いころは十分で着いたが、いつの間にか倍の時間がかかるようになった。最近は、三十分近くかかることもあった。

繁の両親の墓も、ここにある。春に薄紅色の花を咲かせる桜の木があったが、十二月の今は葉を落として眠っているように見える。細い枝の先には、花芽《かが》と葉芽《ようが》があった。眠りながら、春の準備をしているのだ。

冬はいつか終わり、春が必ず訪れる。薄紅色の花が咲き、やがて葉が茂る。遠い昔から繰り返されている自然の理《ことわり》だ。

だが、自分に春が来るかは分からない。冬を乗り切れずに死んでしまうかもしれない。年を取るというのは、そういうことだ。

墓地は無人だった。平日の昼間だからというわけではなく、いつ来ても人がいない。数年前まで小柄な老婆とよく行き逢ったが、しばらく姿を見ていなかった。あるいは、死んでしまったのかもしれない。

繁は、小さく息を吐いた。誰も彼もがいなくなってしまうと思った。花村家も佐久間家も子孫が残っていなかった。墓参りに訪れるのは、繁一人だった。老人ホームに入っても墓参りに来るつもりでいるが、いずれ身体が動かなくなるだろう。

花村家の墓には、苔がむしている。墓石には、佳子が死んでからの六十年の歳月が染み込んでいた。墓参りに来るたびに、花を供えて季節の移り変わりを佳子に伝えようとしてきた。

だが、その日々も終わりが近づいている。繁自身の人生が終わりかけているのだから、今のうちにしかるべき手続きを踏んで、墓を閉じたほうがいいのかもしれない。無縁墓にしてしまっては、佳子や両親がかわいそうだ。

最後に、自分が死んだ後のことを考えた。人が死んでも町は残る。眼鏡屋は取り壊されて道路になり、人々がその上を行き来する。

恋人同士が手をつないで歩く姿を思い浮かべた。子ども連れの家族が通ることもあるだろう。誰もが幸せそうだった。

そう思うと、家がなくなるのも悪くない。

○

思い出ごはんの予約の日になった。

ちびねこ亭を訪れるのは、今年になって二度目だ。一度目は、櫂の母親の七美《なみ》が死んだときに線香を上げに行った。

ここは、もともと七美が始めた店だ。その母親が亡くなり、櫂は落ち込んでいた。店を閉めてしまうのではなかろうかと思ったが、その予想は外れた。

今までと同じように営業している。たぶん、琴子がいるからだろう。二人の若者の関係は分からないが、お似合いのカップルに見える。

繁は、青堀駅からバスに乗って食堂に向かった。

ちびねこ亭は、少し不便な場所にある。バスを降りた後に歩かなければならないし、店が道路に面していないので、砂浜を通っていかなければならない。

転ばないように足元を見ながら、海のそばを歩いた。すると、十分も行かないうちに、貝殻を敷いた小道に出た。いつ見ても真白《ましろ》だった。神社の白玉砂利を思わせる清浄さだ。

そして顔を上げると、青い建物が見えた。入り口の脇に黒板が置いてあって、白いチョークで文字が書かれていた。

ちびねこ亭
思い出ごはん、作ります。

相変わらず、メニューも営業時間も書かれていない。ただ、子猫の絵と注意書きがあった。

当店には猫がおります。

前に来たときと文句は同じだが、筆跡が変わっていた。櫂か琴子が書いたのだろう。昔は、七美が書いていた。

変わらないように見えても、世の中は移ろいゆく。こうしている間も、変わり続けている。生きることは、変わり続けることでもあるのだ。

一方、繁はもう変わらない。この世から去っていく人間だ。何の痕跡も残さずに消えていくつもりでいた。眼鏡屋もなくなってしまうのだから、誰かの記憶に残ることはないだろう。

自分を哀れんでいるわけではない。

自分の人生を不幸だとも思わない。

でも、やっぱり佳子のことが頭にあった。彼女と夫婦になれなかった人生を虚《むな》しいと思った。

だからこそ、ちびねこ亭にやって来た。

思い出ごはんを食べると、大切な人と会うことができる。

死んだ人間と話すことができる。

その噂は耳にしていた。直接、七美から聞いたこともあった。櫂の母親は、繁の店で眼鏡を作ってくれていた。十年来のお得意さまだった。

七美が眼鏡の調整に店に来たときのことだ。経緯《いきさつ》は忘れたが、思い出ごはんの話になった。

繁が本当なのかねと問うと、七美は、はっきりと頷いた。

奇跡が起こる食堂なんです。

そう言って小さく笑った。冗談かと思ったが、そんな雰囲気ではなかった。この日、七美は入院することを知らせに来たのだった。助からない病気になっちゃったみたいなんです、と彼女は言った。

結局、それが彼女との別れになった。見舞いに行こうと思っているうちに、七美は死んでしまった。

しかし、ちびねこ亭は残っている。彼女が生きていたころと変わることなく建っていた。入り口の向こうに七美がいるような気がしたが、彼女は一足先に苦しみのない世界に行ってしまった。

「大切な人に会いに来たよ」

思い出の中の七美に声をかけてから、繁はちびねこ亭の扉を開けた。カランコロンとドアベルが鳴った。

○

「いらっしゃいませ、佐久間さま。お待ちしておりました」

櫂が出迎えてくれた。子どものころから知っているが、相変わらず丁寧な口調だ。その隣には琴子が立っていて、繁にお辞儀をした。二人とも控え目で礼儀正しい。

話好きだった七美がやっていたころとは空気が違う。賑やかさを懐かしく思いもしたが、この雰囲気も悪くはない。気持ちが落ち着く静かさだった。

「こちらへどうぞ」

窓際の席に案内された。海と砂浜がよく見える席だ。人のいない冬の海は、できのいい絵画のようだった。房総の海は、やっぱり美しい。

「ご予約いただいたお料理をお持ちいたします」

櫂と琴子が、キッチンに入っていった。他に客の姿はなく、繁は食堂に取り残された。二人がいなくなると、いっそう静かになった。飼い猫のちびはいるが、繁が店に入ってきたときには寝ていた。今も、安楽椅子の上で寝息を立てている。

テレビもないし話し相手もいないが、退屈だとは思わない。静かなのにも、一人でいることにも慣れている。それに退屈するほど待たされなかった。

櫂と琴子が、料理をトレーいっぱいに載せて戻ってきた。意外に早かったのは、あらかじめ下準備をしてあったからだろう。

「お待たせいたしました」

二人は、黒子《くろこ》のように静かに料理を並べ始めた。皿の数が多かった。佳子の分も用意してくれたのだ。

もともと、思い出ごはんは陰膳――つまり、七美がいなくなった夫の無事を祈って作ったものだった。結局、夫は帰って来なかったが、死者が現れるようになったという。何人もが、この店で大切な人と会っているらしい。

料理を並べ終えた後、櫂が紹介するように言った。

「菜の花づくしです」

テーブルに並んでいたのは、菜の花を使った料理たちだ。

菜の花ごはん。

菜の花のからし和《あ》え。

菜の花の天ぷら。

それに、菜の花のみそ汁もあった。

菜の花畑を見に行った後に、佳子が作ってくれた料理だ。見事に再現されていた。絶対にそんなはずはないのに、六十年前の料理とそっくり同じに見えた。

返事をするのも忘れて見とれていると、櫂が控え目に食事を促してきた。

「温かいうちにお召し上がりください」

——死者と会えるのは、思い出ごはんが冷めるまで。

誰に教えられたのかは記憶にないが、繁はそのことを知っていた。忘れてしまっただけで七美に聞いたのかもしれない。とにかく湯気が立っている間しか死者に会うことはできない。

「いただきます」

家でやっているように手を合わせた。毎食の習慣だが、それがいけなかった。自分の手の甲を間近で見てしまったのだ。

いつもは気にならないが、このときは気になった。

皺だらけの年寄りの手だった。それだけじゃない。首を横に向けると、窓ガラスがあって禿頭の老人がいた。

肌はシミだらけで、干乾《ひから》びた蜜柑《みかん》の皮のように張りがない。若かったころとは別人だ。醜く老いさらばえてしまったことに、今さらながら気づいた。

佳子は、十八歳で死んだ。蠟燭《ろうそく》の炎が消えるように、この世から去っていった。永遠に十八歳のままなのだ。自分とは、祖父と孫ほど年齢が離れてしまった。恋人同士の気持ちで会うことはできない。繁は、老いた自分を恥ずかしいと思った。

「すまん。やめておく」

繁は、箸を戻したのだ。佳子と会うべきではないと思った。傷つきたくなかったし、彼女をがっかりさせたくなかった。

「年寄りのくせに恥ずかしいことを言った」

事情を話して席を立った。さっさと家に帰って、老人ホームに行く準備を始めよう。佳子と会いたいという気持ちなど忘れてしまおう。

繁は代金を払い、ちびねこ亭から出ていこうとした。そのときのことだ。声が飛んできた。

「恥ずかしくなんかありません」

それは、佳子の声だった。死んでしまったはずの婚約者が続けた。

「がっかりなんてしません」

繁は、はっとして振り返った。佳子が現れたと思ったのだ。

だが違った。佳子ではなかった。声をかけてきたのは、ちびねこ亭の琴子だった。やっぱり佳子に似ている。顔の造作は違うが、身にまとっている雰囲気がそっくりなのだ。じっと見すぎてしまったのかもしれない。琴子が恥ずかしそうに顔を赤らめた。話すことのできなくなった彼女に助け舟を出すように、今度は櫂が口を開いた。

「逆の立場だったら、がっかりしますか？」

「逆？」

聞き返すと、ちびねこ亭の若主人は頷いた。

「ええ。繁さんと佳子さんの立場が反対だった場合のことです」

仮の世界の話をしているのだと分かった。その世界では繁が若死にし、佳子が長生きをしている。そして、年老いた佳子が、死んでしまった繁に会いに来てくれた。

現実に起こったことのように情景が頭に浮かび、言葉が繁の口から零れた。

「がっかりするわけがない」

佳子を愛している。今でも彼女のことを思っていた。仮の世界でも、きっと気持ちは変わらない。年老いていようと会いたいに決まっている。

「佳子さんだって、きっと同じ気持ちです」

琴子が断言した。佳子と会ったこともないくせにとは思わなかった。むしろ、佳子が琴子の口を借りて言っているような気さえした。

「そうだな」

繁は呟き、椅子に座り直した。

「あんたの言う通りだ」

自分に言い聞かせるように、琴子の顔を見て言った。老いを気にするあまり、佳子の気持ちを疑ってしまった。もう少しで取り返しのつかないことをするところだった。彼女と会える機会を棒に振るところだった。

初めて愛した女性を疑ってはならない。物心ついたばかりのころから好きだったのだから、最後まで信じよう。信じる者が必ずしも報われるとはかぎらないのが人生だが、他人を信じなければ得られないものもあるのだ。

「いただきます」

改めて手を合わせてから、菜の花のみそ汁を手に取った。黄色い花に見立てているのだろう。炒《い》り卵が入っている。汁を飲み、具を食べた。炒り卵のほっこりとした甘さが、菜の花のほろ苦さとよく合っていた。

年を取ると食欲がなくなり、食事を用意することすら面倒になる。特に朝は何をする気にもなれないことが増えた。

それなのに、急に空腹を感じた。

どうしようもなく目の前の料理を食べたくなった。

繁は菜の花ごはんを頬張り、菜の花のからし和えを口に運んだ。春の香りがする。からしの辛さに、鼻がつんとした。旨かった。残すことなく飯と小鉢を平らげてしまった。

驚くことに、これだけ食べても食欲は衰えなかった。繁は、菜の花の天ぷらに箸を伸ばした。

そして、ふと、しばらく菜の花の天ぷらを食べていないことに思い当たった。母親は揚げたことがなかったし、自分で作ったり外で食べたこともない。

「佳子に作ってもらったのが最後か……」

この瞬間まで気づかなかったことだ。ちびねこ亭に来なかったら、死ぬまで食べなかったかもしれない。

これだけでも、ここに来た甲斐があった。人生の終わりの時期に、もう一度、菜の花の天ぷらを食べることができたのだから。

「人生とは分からんものだ」

独り言を呟いてから、菜の花の天ぷらを箸でつまんだ。天つゆもあったが、塩を少しだけ付けて食べた。ごま油が香ばしい。揚げ立てというわけでもないのに、天ぷらはまだ十分に熱く、噛むと衣がサクサクと音を立てた。揚げることでほろ苦さが和《やわ》らぎ、菜の花の甘さが際立っている。

〝こりゃあ旨い〟

再び独り言を呟いたが、今度は顔を顰めた。声がおかしかった。口に蓋をしたように、何だかくぐもっている。

だが、焦りはしなかった。喉がおかしくなったと思っただけだ。年を取ると、何もしていなくても調子が悪くなる。からし和えの刺激のせいかもしれないし、食べすぎたせいかもしれない。

そして、おかしくなったのは、喉だけではなかった。

いつの間にか、店内が真白になっていた。雲の中に迷い込んだみたいだった。普通に考えれば霧だろうが、いきなりこんな濃い霧がかかるわけがない。ましてや、ここは室内だ。

また白内障になったのだろうか。視界の感じが違う気もするし、医者からは再発しないと聞いていたが、それしか思いつかない。

目を閉じて眉のあたりを指で押した。しばらくそうして目を開けたが、視界は相変わらず真白だった。だが、テーブルの上の料理はちゃんと見えている。白内障ではないようだ。するると、霧ということになるが、この濃さは尋常ではない。とりあえず相談しようと櫂と琴子の姿をさがしたが、店のどこにもいなかった。さっきまで、すぐそこにいたはずなのに消えている。

キッチンに行ったのだろうかと視線を動かした拍子に、壁際の柱時計が目に入った。針が止まっている。

〝壊れたのか？〟

問いかけた言葉は宙に消えた。しかし、何の返事もなかったわけではない。窓の外から音が聞こえた。

〝みゃー〟

猫だ。間違いなく猫の鳴き声だ。弾《はじ》かれたように外を見ると、信じられない光景がそこにあったのだ。

海が消えていた。東京湾が消えている。そして、その代わりに見渡すかぎり一面に菜の花畑が広がっていた。

夢を見ているのだろうかと思ったとき、彼女の姿が目に飛び込んできた。

〝……佳子？〟

死んだはずの許婚が、菜の花畑の片隅に立っていた。足元には、キジトラ柄の子猫もいた。

六十年の歳月が流れ、町はすっかり変わってしまったが、繁の心の中には、在りし日の佳子の姿がはっきりと残っていた。

その彼女が、すぐそこに立っている。見間違いではない。見間違えるわけがない。

〝佳子――〟

もう一度、彼女の名前を呼んで、窓に顔を近づけた。その瞬間、奇跡がもう一つ起こっていることに気づいた。

見おぼえのある若い男が窓ガラスに映っていた。他の誰でもない。二十歳のころの自分の顔だった。

〝信じられん〟

しゃべると、窓ガラスの自分の口も動いた。皺やシミが消え、黒髪が戻ってきている。その髪を、きっちりと七三に分けていた。野暮ったい眼鏡をかけていたが、老眼鏡ではなかった。若いころ、こんな眼鏡をかけていた。

繁は若返っていた。佳子が生きていたころの自分に戻っていた。夢にしても出来すぎている。

ここは、あの世なのかもしれない。

あるいは、お迎えというものだろうか。

また、猫の鳴き声が聞こえた。

〝みゃー〟

窓の向こう側から、キジトラ猫と佳子がこっちを見ていた。繁に気がついたようだ。彼女の口が動いた。

〝繁さん〟

くぐもってはいるが、佳子の声だ。ずっと、この声を聞きたかった。

繁は立ち上がった。彼女のそばに行くと決めたのだ。ここが死後の世界だろうと構いはしない。お迎えだっていい。

ちびねこ亭の扉を開けて外に出た。

カランコロン。

ドアベルが鳴った。扉を閉めようとしたが、振り返ると店が消えていた。六十年前に見た菜の花畑に移動していた。不思議だったが、今さら考えたところで答えは出ないだろう。

繁は、佳子とキジトラ猫のそばに歩いて行った。すると、佳子がぺこりと頭を下げた。

〝会いに来てくれてありがとうございます〟

彼女のほうから話しかけてくれた。返事をしなければならない。伝えたい言葉はたくさんあったが、言葉より先に涙が零れ落ちた。それから、佳子への思いが溢れた。

世界で一番愛している。

死んだ後も、ずっと好きだった。

今でも変わらず愛している。

いくつもの言葉が浮かんでは消えた。残ったのは、一つだけだった。ずっと言いたかった言葉だ。繁は、彼女にそれを伝えた。押し出すように言った。

〝結婚してくれ〟

人生で初めての、そして、最後のプロポーズだ。この言葉を言う相手は、この世でもあの世でも一人しかいない。

〝おれと結婚してくれ〟

もう一度、言った。どんなに時が流れても、繁の気持ちは変わらなかった。

〝……はい〟

　それが佳子の返事だった。恥ずかしそうに頬を染めてはいたが、うつむかず、繁の目を見て続けた。

〝幸せにしてください。私とずっと一緒にいてください〟

〝もちろんだ……。幸せにするし、ずっと一緒にいる〟

　応える言葉と一緒に涙が、また零れた。

　こうして、二人は夫婦になった。もう独りぼっちじゃない。家族ができたのだ。

○

　結婚生活は、繁の家で始まった。佳子が嫁に来てくれた。

　眼鏡屋は、まだ区画整理の対象になっていないようだった。建物も新しく、家に入ると新しい木材のにおいがした。

　六十年前に戻ったようだが、両親も妹もいなかった。佳子の親きょうだいもいないみたいだ。町中を見て歩いたわけではないが、自分と佳子のためだけに存在する世界なのかもしれない。

　そして、もう一つ、繁の知っている世界と違うことがあった。

〝みゃー〟

キジトラ猫が家にいた。菜の花畑にいた子猫のような気もするが、一緒に帰ってきた記憶はなかった。

でも、とにかく我が家の猫だ。我が物顔で暮らしている。

佳子も家に馴染んでいた。可愛らしい花柄のエプロンをして料理を作ってくれたし、店も手伝ってくれた。

だが、眼鏡屋が繁盛していたのかは分からない。眼鏡を作った記憶はあるが、客の顔はおぼえていなかった。ぼんやりとした影を相手に商売をしていた気もする。生活に困らなかったところを見ると、それなりに儲かっていたのだろう。

夫婦仲はよかった。喧嘩一つしなかった。互いを思いやりながら暮らした。

月日が流れて結婚してから二年が経ったころ、二人の間に赤ん坊ができた。女の子だった。

菜ノ花《なのか》。

佳子に頼まれて、繁が名前を付けた。菜ノ花は、妻によく似た可愛らしい顔をしていた。

赤ん坊の顔を見ているだけで、涙が溢れてきた。自分でもびっくりするくらい温かい涙だった。妻と娘のために生きようと繁は思った。

誰かのために生きる人生は幸せだった。

愛する者のいる毎日は幸せだった。

家族のことを思って繁は暮らした。眼鏡屋で働いた。ぼんやりとした影を相手に眼鏡を作り続けた。

子どもの成長は早い。特に、この世界では早かった。菜ノ花は小学校、中学校、高校と進み、やがて嫁いでいった。

誰と結婚したのかも、どこで暮らしているのかも分からないが、幸せでいることだけは知っていた。娘の笑顔が思い浮かぶ。それだけで十分だった。我が子が幸せなら言うことはない。

〝また二人になりましたね〟

佳子に言われた。子どもが大人になった分だけ、夫婦は年を取った。繁も妻も、いつの間にか四十歳をすぎていた。

〝そうだな〟

頷いたが、抗議の声が上がった。

〝みゃー〟

キジトラ猫が、こっちを見ていた。自分もいると言っているのだろう。不思議なことに、猫は年を取らなかった。ずっと子猫のままだ。代替わりしたのかもしれないが、同じ猫のような気もする。いずれにせよ家族の一員だ。

〝三人で仲よく暮らすとするか〟

〝みゃー〟

子猫が返事をするように鳴き、佳子が笑った。穏やかな日々は続いた。

ときどき、菜ノ花から手紙が届いた。繁の知らない町で、幸せに暮らしていた。夫婦は、自分たちも幸せだと返事を書いた。その手紙には、いつも菜の花模様の便箋を使った。

娘がいなくなり寂しく思うときもあったが、佳子がそばにいるだけで幸せだった。永遠にこの時間が続いて欲しいと思った。死ぬまで二人でいたいと思った。もう独りぼっちにしないでくれ、と仏壇に手を合わせた。

でも、その希望は叶わなかった。欲張った願いは、いつだって叶わない。ある日、佳子が言った。

〝ちびねこ亭に連れて行ってください〟

このとき、繁は八十歳になっていた。佳子もすっかり年老いている。二人ともシミと皺だらけになったが、彼女は美しいままだった。繁は、佳子をずっと愛し続けていた。

〝二人で行くんだな〟

問いかけるように言ったが、質問ではなかった。心のどこかで、いずれこの日が来ると分かっていた。二度目の人生を送っていることは忘れていなかった。

涙がこみ上げてきたが、どうしようもないことだ。佳子と一緒に暮らせたことを感謝すべきだろう。

繁は無理やり明るい声を作って、年を取らない猫に聞いた。

〝いや、二人じゃないな。おまえも行くんだろ？〟

〝みゃー〟

キジトラ猫が頷くように鳴いた。とうとう、別れの日が訪れたのだ。

○

十二月の朝、繁たちはちびねこ亭に向かった。

空は曇っていて、今にも雪が降り出しそうな天気だった。吐く息も白い。繁は妻に聞いた。

〝寒くないか？〟

〝大丈夫ですよ。あなたと一緒ですから〟

佳子は返事をして、やさしげに笑った。思えば、彼女は出会ったときからずっとやさしい。繁の人生を明るくしてくれた。

〝あなたは大丈夫ですか？〟

〝ああ。平気だ〟

そう答えてから、足元を歩く子猫を見た。問うより早く返事をした。

〝みゃー〟

キジトラ猫も寒くないようだ。家にいるときと変わらぬ顔をしていた。

老夫婦と子猫は、互いを労るようにして小糸川沿いの散歩道を歩いた。塗装の剝げたアスファルトに冷たい霜が降りて、白砂を敷きつめたみたいに真白になっている。

繁は、誰も踏んでいない霜の上を歩いた。そのたびに、さくさくと音が鳴った。ただ、佳子と子猫の足音は聞こえなかった。

やがて川が海と合流した。東京湾に出たのだ。子どものころ、魚釣りをして遊んだことを思い出す。

繁は遠くを見た。曇っているせいだろう。海も空も鉛の色をしている。人の姿も船の影もなかった。

川と海の間にある橋を渡り、しばらく進むと砂浜に出た。老夫婦と猫が来るのを待っていたように、白い点がふわふわと落ちてきた。たぶん、雪だ。鉛色の空から雪の粒が降ってきた。

傘を持っていなかったが、構わず歩いた。濡《ぬ》れるほどの降りではない。佳子は何も言わなかった。繁も黙っていた。キジトラ猫だけが不思議そうな顔をしている。

空を舞っているのは、雪の粒だけではなかった。ミャオ、ミャーオとウミネコたちが飛んでいる。

繁たちが足を進めるたびに――ちびねこ亭に近づくたびに、その鳴き声は大きくなった。

〝みゃー〟

キジトラ猫が、ウミネコに向かって鳴いた。威圧するような鳴き方ではなかったので、海鳥たちに挨拶をしているのかもしれない。

ハーネスどころか首輪も付けていなかったが、繁は、子猫が佳子のそばから離れないことを知っていた。おそらく、永遠に離れないのだ。

〝みゃー〟

キジトラ猫が、また鳴いた。今度は空ではなく、前を見ていた。砂浜が終わり、貝殻を敷きつめた小道に辿り着いたことを知らせているのだろう。この日の貝殻は、骨のように白かった。

顔を上げると、青い建物があって、営業中を知らせる黒板が見えた。その黒板のそばに行き、白いチョークの文字を読んだ。

ちびねこ亭

思い出ごはん、作ります。

〝着いてしまったな〟

〝ええ〟

佳子は頷きながら、黒板の文字を見つめている。家を出たときより、彼女の姿は薄くなっていた。透明に近づいている。消えかかっているのだと分かった。

――死者と会えるのは、思い出ごはんが冷めるまで。

唐突に、そんな言葉が浮かんだ。陰膳が冷めかけているのだろう。

涙が滲みそうになった。泣いてはいけない。繁が泣くのをこらえていると、茶ぶち柄の子猫が黒板の陰から現れた。ちびねこ亭の看板猫だ。

〝みゃあ〟

茶ぶち柄の子猫が鳴き、我が家の子猫が鳴き返した。

〝みゃー〟

会話を交わしたようにも、意味もなく鳴いただけのようにも聞こえた。佳子は何も言わずに、二匹の子猫を見ている。

雪の粒が、少し大きくなった。だが大粒というほどではない。ふわふわと舞う、たんぽぽの綿帽子みたいだ。

地面に落ちた雪たちは積もることなく、初めから存在しなかったもののように消えた。まるで、一瞬だけこの世に立ち寄ったみたいだった。

繁は黙っていた。口を利かなければ、この時間が永遠に続くような気がしたのだ。目をさましたくなかった。

いつもは意地の悪い神さまだが、このときばかりは、繁の願いを少しだけ叶えてくれた。何分か時間をくれた。愛する妻の姿を網膜に焼きつけることができた。

だが、その時間も終わってしまった。佳子が別れの台詞を切り出した。

〝お店には一人で入ってくださいな〟

〝分かっている〟

繁は返事をした。本当に、分かっていた。そう言われるだろうと思っていた。

すべては、ちびねこ亭から始まったことだった。だから、この場所で終わるのは当然だ。

人生を何度やり直そうと、必ず終わりは訪れる。死はやって来る。愛する人と別れずに済む人生などないのだ。

六十年という歳月は、遥《はる》かな時間ではなかった。菜の花畑でプロポーズしたのが、つい昨日のことのように思える。

自分は欲張りだ。本当なら会うことさえできない相手と結婚できたのに、六十年も一緒に暮らせたのに、別れを受け入れることができないのだから。悲しくて仕方がないのだから。

悲しみを押し殺して、繁は佳子に聞いた。

〝あの世に帰るのか？〟

〝ええ〟

妻は頷いた。繁は問いを重ねる。

〝一緒に行っては駄目か？〟

普通に聞いたつもりだったが、追いすがるような口調になってしまった。今度は、佳子は頷かなかった。

〝駄目ですよ。まだ一緒のところに行けないって、あなたも分かっていますよね〟

その通りだった。これも分かっていたことだ。誰に教えてもらったわけではないが、繁は知っていた。

　佳子は若くして死んだが、天寿をまっとうしている。自分で命を絶ったわけではない。繁がここで死んでも、彼女と同じ場所には行けないだろう。

　あの世でも夫婦になるためには、最期の瞬間まで精いっぱい生きるしかない。途中で生きることを投げ出すわけにはいかない。繁は、覚悟を決めた。独りぼっちで生きて、独りぼっちで死のうと決めた。

〝おれを待っていてくれるか？〟

〝もちろんですよ。この子と一緒に待ってますから〟

　佳子が言うと、キジトラ猫が頷くようにしっぽを振った。

〝みゃー〟

　ふたりの姿が、また少し薄くなった。今にも見えなくなってしまいそうだ。

　繁は悲しかった。こらえていた涙が頰を伝い落ちた。行かないでくれと泣いてすがりたかったが、佳子を困らせてしまう。八十歳のジジイにだって意地がある。惚れた女を困らせたくなかった。

　無理やり笑顔を作った。笑って別れを告げようとしたが、佳子が遮《さえぎ》るように言った。

〝今回は、私に見送らせてください〟

その言葉の意味は、すぐに分かった。繁は、彼女が死んだときのことを思い出していた。町外れにある古びた火葬場で、佳子の身体は焼かれた。真白《ましろ》な煙が、煙突から空に昇っていった。繁は泣きながら骨を拾った。愛する女性の骨を拾った。それが、一度目の見送りだ。

今度は、佳子が繁を見送ってくれるというのだ。

しょせん、この世は仮の宿だ。生きるのも死ぬのも、たいした違いはないのかもしれない。

悲しむことはない。

泣くことはない。

自分にそう言い聞かせ、佳子にひとまずの別れを告げようとした。だが、その言葉を発することはできなかった。キジトラ猫の鳴き声に遮られた。

〝みゃー〟

視線を向けると、子猫が繁の着ているコートのポケットを見ていた。なんだ？　疑問に思いながら、導かれるようにポケットに触れた。すると、小さな箱が入っていた。

〝ああ、そうか……〟

すぐに思い当たった。コートに入っていたのは、一度目の人生で佳子に渡せなかった結婚指輪だ。存在そのものを忘れていた。プロポーズしたのに、一緒に暮らしていたのに渡していなかった。

繁はポケットに手を入れて箱を取り出し、それを開けた。ずっと忘れられていたのに、六十年も箱に入れっぱなしにされていたのに、指輪は銀色に光っていた。一度目の人生の十九歳のときに見たものと変わっていなかった。

コートに入れた記憶はなかったが、ここにある理由は分かる。繁は、佳子に指輪を見せて言った。

〝遅くなったが、結婚指輪だ。もらってくれるか？〟

〝私にですか？〟

佳子に問われ、指輪を作った日のことを思い出した。父の店で働いてはいたが見習いのようなものだったので、小遣い程度しか給料をもらっていなかった。

両親に言えば援助してくれただろうが、それでは意味がないと思った。自分の力で稼いだ金で、佳子に指輪をあげたかった。だから、安物だ。十九歳の若造に買える程度のおもちゃにすぎない。

〝ああ。佳子にもらって欲しくて作ったものだ〟

そう答えると、妻の目から涙が流れた。その涙を拭いもせず、左手を差し出してきた。

彼女の姿は消える寸前だった。輪郭しか見えない。

急いだほうがいい。繁は佳子の左手を取り、十九歳のときに作った指輪をはめた。

〝ありがとうございます〟

声は聞こえたが、もう姿は見えない。はめたばかりの指輪も、キジトラ猫も消えてしまった。佳子の声が続ける。

〝もうお店に入ってください〟

〝そうだな〟

返事をすると、雪の粒がまた少し大きくなった。その雪に紛《まぎ》れるように佳子が別れの言葉を言った。

〝幸せな人生をありがとうございました〟

繁も幸せだった。一度目の人生も、二度目の人生も彼女と会うことができて幸せだった。

そして、その幸せはあの世でも続く。佳子と一緒に暮らすことができる。繁はそう信じていた。だから何も言わずに手を振って、家に帰るように店の扉を開けた。

カランコロン、とドアベルが鳴った。

○

飲食店では、待つのも仕事だ。特に思い出ごはんの日は、ただ立っているだけの時間が長い。

この日も、琴子は菜の花づくしを配膳した後、繁の食事の邪魔にならない場所に立っていた。

思い出ごはんを食べると、死んでしまった大切な人と会うことができる。だが会えるのは本人だけだ。近くにいても琴子には何も見えないし、何が起こっているかも分からない。櫂にも見えていないという。

不思議な話だが、理屈を付けられないわけではなかった。仮説のようなものはあった。

「夢を見ているだけかもしれませんね」

櫂が、そんなふうに言ったことがある。思い出の料理が記憶を刺激し、夢を見ると考えているようだ。

納得できるところもあった。ちびねこ亭に現れた死者は、生きている者に都合のいいことばかりを言う。生きる勇気をくれる。琴子もそうだった。兄に励まされた。言われた言葉もおぼえている。

——会いに来てくれて、ありがとう。琴子のこと、見守っているからな。ずっと見守っている。

兄は言ってくれた。ちびねこ亭の窓際の席で約束してくれた。その言葉があったから、どうにか生きていられる。

琴子は、繁の顔を見た。目は開いているが、眠っているように見えた。声をかけても返事をしない気がした。

食堂の隅では、ちびが眠っている。お気に入りの安楽椅子の上で丸くなっていた。夢を見ているのか、ときどき寝言を言うように鳴いた。

思い出ごはんを食べて兄と会ったとき、ちびがいたような気もするが、そのあたりの記憶は曖昧だ。

時間はゆっくりと、だが確実に進む。古時計の針が、音を立てて動いたときのことだ。

琴子は、ふと風を感じた。入り口の扉が開いているのだろうかと思ったが、ちゃんと閉まっていた。

気のせいだとは思わなかった。琴子は、テーブルの上を見た。思い出ごはんの湯気が消えている。

奇跡の時間の終わりを知らせるのは、やっぱり櫂の役目だ。

「お茶をお持ちしました」

緑茶を淹れてテーブルに置いた。長い眠りから目覚めたように、繁が顔を上げた。その拍子に涙が零れたように見えたが、老人の頬は乾いている。

「ありがとう」

繁は、湯気の立ち昇る緑茶をすすった。吐息を吐き、櫂に言った。

「いい夢を見せてもらった」

大切な人と会うことができたようだ。現実と夢の違いは曖昧だ。人の一生は、邯鄲《かんたん》の夢のように儚い。こうしてすごしている時間も、ひと眠りしている間の夢なのかもしれない。人には、現実と夢の区別などつかないのだから。

緑茶を飲み終えると、老人は立ち上がった。

「ごちそうさま」

家に帰るつもりなのだろう。代金を支払って、食堂から出ていった。その背中を見て、櫂が言った。

「お見送りいたしましょう」

「はい」

いつ起きたのか、ちびもついて来た。一緒に繁を見送るつもりなのだろうか。櫂は子猫を叱らなかったが、釘は刺した。

「お店から離れないでくださいね」

「みゃん」

ちびが返事をし、櫂が外に続く扉を開けた。

十二月の空気は少し冷たかったが、雲一つない冬晴れの空が広がっている。老人の背中は、まだ近くにあった。歩きながら空を見ている。釣られたように、琴子も空を見た。

冬は、夏に比べて空気が澄んでいる。だからだろう。昼間なのに月が見えた。綺麗な白い月が浮かんでいる。老人は、それを見ていた。

櫂が、その背中に声をかけた。

「またいらっしゃってください」

繁は足を止めることさえせず、ただ、ひらひらと手を振った。老人ホームに入ってしまうのだから、もう二度と来ることはないと言っているのかもしれない。

でも、老人の足取りに寂しさはない。家族の待つ家に帰っていこうとしているように見えた。

生きることは、失うこと。

だけど、誰かを思う気持ちはいつまでも残る。愛する気持ちは失われない。消えることはない。

ミャオ、ミャオとウミネコが鳴いた。

波の音も聞こえる。

潮風が吹いた。

冬の日射しが影を作る。

家路をたどる老人の背中が、砂浜に紛れるように小さくなった。

自分の影を踏むように歩いていく。

二人は、その背中をいつまでも見送った。

看板代わりの黒板のそばで、ちびが丸くなった。

ちびねこ亭特製レシピ

菜の花ごはん

材料（4人前）

・菜の花　1/2束
・米　2合
・卵　2個
・酒、塩、醤油　適量
・ごま油　適量

作り方

1　炊飯器に米、酒、塩、水を入れて炊く。好みで、醤油を加えてもよい。
2　菜の花を軽く茹でる。色が鮮やかになったら、鍋から取り出して冷水にさらす。
3　2を食べやすい大きさ（3㎝程度）にカットする。
4　フライパンにごま油を引いて、炒り卵を作る。
5　炊きあがったごはんに、3と4を加えて手早く混ぜて完成。

ポイント

卵はごま油ではなく、サラダ油で炒めるとクセのない味になります。また、バターで炒めて、洋風にしても美味しく食べることができます。

〈参考文献〉

『ボクはやっと認知症のことがわかった　自らも認知症になった専門医が、日本人に伝えたい遺言』長谷川和夫・猪熊律子著（ＫＡＤＯＫＡＷＡ）

『心のお医者さんに聞いてみよう　認知症の人を理解したいと思ったとき読む本　正しい知識とやさしい寄り添い方』内門大丈監修（大和出版）

『認知症の人の心の中はどうなっているのか？』佐藤眞一著（光文社新書）

『認知症の9大法則　50症状と対応策』杉山孝博著（法研）

『老人性うつ　気づかれない心の病』和田秀樹著（ＰＨＰ新書）

光文社文庫

文庫書下ろし
ちびねこ亭《てい》の思《おも》い出《で》ごはん　キジトラ猫《ねこ》と菜《な》の花《はな》づくし
著者　高《たか》橋《はし》由《ゆ》太《た》

2021年6月20日　初版1刷発行

発行者　鈴木広和
印刷　萩原印刷
製本　ナショナル製本

発行所　株式会社　光文社
〒112-8011　東京都文京区音羽1-16-6
電話（03）5395-8149　編集部
8116　書籍販売部
8125　業務部

ISBN978-4-334-79206-0　Printed in Japan

組版　萩原印刷